Noten, Liebe und die Sterne

Drei Liebesnovellen

Glenda Peti

© 2023
likeletters Verlag
Inh. Martina Meister
Legesweg 10
63762 Großostheim
www.likeletters.de
info@likeletters.de

Autorin: Glenda Peti
Bildquelle: Midjourney

ISBN: 9783946585503

Teilweise kam für dieses Buch künstliche Intelligenz zum Einsatz.

Inhaltsverzeichnis

Zwischen Noten und Liebe

Kapitel 1

Die Morgensonne malte goldene Schleier über Hemmelsheim, eine Stadt, die wie aus einem Märchenbuch zu stammen schien. Mit ihren verwinkelten Gassen und bunten Häusern, die Geschichten aus vergangenen Zeiten zu flüstern schienen, erwachte sie zum Leben.

In einem der charmanten, alten Häuser, umgeben von liebevoll gepflegten Blumenbeeten, war Maria zuhause. Ihr Zimmer im obersten Stockwerk war ein Refugium ihrer Leidenschaft: Musik. Ein altes Klavier, das Zentrum des Raumes, umgeben von Regalen voller Notenblätter und Kompositionen, zeugte von ihrem Talent.

Maria, mit ihren langen, schwarzen Locken, die in weichen Wellen um ihre Schultern fielen, saß am Klavier. Die Musik, die unter ihren Fingern zum

Leben erwachte, war ihre stille Flucht, ein verborgener Garten ihrer Gefühle.

Hier fühlte sie sich frei und verstanden.

Ihre Finger ruhten einen Moment lang auf den kühlen, elfenbeinfarbenen Tasten, bevor sie begann, Chopins Nocturne in e-Moll zu spielen.

Die ersten Töne waren weich und nachdenklich, fast als würden sie zögernd aus der Stille heraus geboren.

Maria ließ ihre Finger sanft über die Tasten gleiten, jeder Anschlag eine feinfühlige Berührung.

Die Melodie schwebte in der Luft, trug eine Melancholie, die so typisch für Chopins Werke war.

In den leiseren Passagen des Stücks brachte Maria eine emotionale Tiefe hervor, die weit über die Noten auf dem Blatt hinausging.

Sie schloss die Augen, verlor sich in der Musik, ließ ihre Gefühle und Gedanken durch die sanften Klänge sprechen.

Jede Note schien zu atmen, zu leben, getragen von einem tiefen Verständnis der Komposition.

Als das Stück an Intensität zunahm, folgten ihre Hände dieser Entwicklung. Ihre Finger bewegten sich mit mehr Nachdruck, doch ohne ihre Anmut zu verlieren. Die kraftvollen, leidenschaftlichen Teile des Nocturne brachten eine neue Energie in ihr Spiel.

Es war, als ob Maria durch die Musik eine Geschichte erzählte – eine Geschichte von Sehnsucht, von Liebe, von Schmerz und Hoffnung.

Mit dem abschließenden Akkord ließ sie ihre Hände langsam von den Tasten sinken. Einen Moment lang verharrte sie regungslos, dann öffnete sie ihre Augen.

Die letzten Klänge des Nocturne hallten noch im Raum nach, ein Echo der Emotionen, die sie so meisterhaft zum Ausdruck gebracht hatte.

Ein sanftes Klopfen an ihrer Tür unterbrach ihre Konzentration.

«Maria, darf ich reinkommen?»

Es war Marlen, Marias beste Freundin. Mit ihren leuchtend roten Haaren und einem Lächeln auf den Lippen brachte sie Freude und Inspiration in den Raum.

«Natürlich», antwortete Maria und lächelte, als sie ihre Freundin erblickte.

«Ich habe gehört, dass bald ein Musikwettbewerb stattfindet», begann Marlen, sich auf Marias Bett setzend. «Du solltest dich anmelden. Dein Talent verdient es, gehört zu werden.»

Maria zögerte. «Ich spiele meistens nur für mich. Ich weiß nicht, ob ich bereit für eine Bühne bin.»

Marlen stand auf und ging zum Klavier.

«Aber genau das macht dich so besonders. Deine Musik kommt von Herzen.»

Das Kompliment und die Ermutigung ihrer Freundin berührten Maria. Vielleicht hatte Marlen recht. Es könnte eine Chance sein, zu wachsen, nicht nur als Musikerin, sondern auch als Person.

«Vielleicht hast du recht», sagte Maria nachdenklich. «Es könnte eine Chance sein, zu wachsen, nicht nur als Musikerin, sondern auch als Person.»

Marlen umarmte sie. «Genau das meine ich. Es ist Zeit, dass die Welt deine Musik hört.»

Gemeinsam machten sie sich auf den Weg zur Buchhandlung, in der die Anmeldung stattfinden sollte.

Unterdessen schlängelte sich Alex durch die noch ruhigen Straßen von Hemmelsheim. Sein Haar war verwuschelt wie immer, obwohl er es gerade erst gekämmt hatte.

Als er durch die Straßen lief, spürte er die prickelnde Aufregung des bevorstehenden Tages. Fußball war seine Welt, aber tief in seinem Herzen gab es einen stillen Raum, in dem die Liebe zur Musik lebte – eine Leidenschaft, die er selten mit anderen teilte.

Marlen und Maria traten gerade auf die Buchhandlung zu, als Marlens Mutter aus der Tür des benachbarten Bekleidungsgeschäfts trat.

«Marlen, super, dass du da bist, ich brauche dich mal kurz», sagte sie und ging wieder ins Geschäft.

«Schaffst du das alleine?», fragte Marlen ihre Freundin. Maria nickte.

Als Maria die Buchhandlung betrat, um sich für den Musikwettbewerb anzumelden, konnte man ihr die Nervosität ansehen. Die Buchhandlung, ein Treffpunkt für Kunst und Kultur, war für sie normalerweise ein Ort der Zuflucht, aber heute fühlte sie sich wie eine Fremde inmitten der aufgeregten Stimmen.

Sie hielt sich so oft in der Buchhandlung auf, da sie neben der Musik auch gerne Bücher las. Außerdem gab es hier die besten Notenbücher in der ganzen Stadt.

Ihr Blick traf auf Alex, der lebhaft mit dem Organisator des Wettbewerbs sprach. Seine Ausstrahlung war wie ein Leuchtfeuer in der morgendlichen Stille.

Maria spürte, wie ihr Herz einen Schlag übersprang. Sie war fasziniert von seiner offenen Art, die so ganz anders war als ihre eigene.

Alex bemerkte Maria, als sie sich zaghaft näherte. Ihr stilles Wesen und die sanfte Schönheit, die sie ausstrahlte, fingen seine Aufmerksamkeit. Sie war wie eine ruhige Melodie, die sich von der lauten Welt abhob. Die Tatsache, dass sie auch am Wettbewerb teilnehmen würde, weckte in ihm ein unerwartetes Interesse.

Während Maria an der Anmeldetheke stand, um ihre Teilnahme zu bestätigen, spürte sie Alex' Blick auf sich ruhen.

Ihre Hände zitterten leicht, als sie das Formular ausfüllte, und sie konnte das Erröten in ihrem Gesicht nicht verhindern. Ein kurzer, fast schüchterner Blickkontakt zwischen ihnen verriet mehr, als Worte es je könnten.

Maria fühlte sich von der Energie, die Alex ausstrahlte, angezogen, und sie konnte die subtile Anziehung zwischen ihnen förmlich in der Luft spüren.

Als sie sich wieder abwandte, um ihr Formular abzugeben, konnte sie nicht leugnen, dass dieser Moment etwas in ihr ausgelöst hatte, das ihr Herz schneller schlagen ließ.

Maria, die sich am Rande des Raumes hielt, spürte, wie die Anwesenheit von Alex eine ungewohnte Welle der Neugier in ihr weckte.

Ein längerer Blick von ihm, der ihre Augen auf sich zog, brachte ein zartes Lächeln auf ihre Lippen, während sie ihre Finger nervös über das Anmeldeformular gleiten ließ.

Ein unwillkürliches Zittern ihrer Hand zeugte von der inneren Aufregung, die sie verspürte, während sie seine Interaktion mit anderen beobachtete. Seine Leichtigkeit im Umgang mit Menschen war etwas, das ihr so fremd war, und doch so bewundernswert.

Alex, der sich durch die Menge bewegte, spürte Marias Blick wie einen Magneten. In ihren Augen erkannte er einen Ausdruck von Tiefe und Verständnis, der ihn faszinierte.

«Du bist also auch hier, um dich anzumelden?», fragte er mit einem freundlichen Lächeln.

Maria nickte, überrascht von seiner direkten Ansprache. Ihre Stimme war leise, aber klar, als sie antwortete: «Ja, ich… ich liebe es, zu komponieren und zu spielen. Es ist mein erstes Mal bei so einem Wettbewerb.»

«Das ist großartig!», erwiderte Alex mit aufrichtiger Begeisterung. Während er sprach, konnte er nicht umhin, den zarten Glanz in ihren Augen zu bemerken, der von ihrer inneren Freude zeugte.

«Was spielst du am liebsten?»

«Klassische Stücke und eigene Kompositionen», sagte Maria, ein noch breiteres Lächeln umspielte ihre Lippen.

«Musik ist für mich wie ein eigenes Universum.»

Alex war beeindruckt von ihrer Leidenschaft und spürte, wie seine eigene Anziehung zu ihr wuchs.

«Das klingt unglaublich. Ich spiele Gitarre und Klavier, aber ich bin mehr in der Rock- und Popwelt zu Hause. Vielleicht könnten wir mal zusammen jammen?»

Während er sprach, blickte er ihr tief in die Augen.

Marias Wangen erröteten, als Alex den Vorschlag machte, gemeinsam Musik zu machen. Ihr Herz begann schneller zu schlagen, und ihre Augen fingen an zu funkeln.

«Das… das wäre schön», stammelte sie, ein unwillkürliches Lächeln spielte um ihre Lippen.

In diesem Moment kündigte der Organisator des Wettbewerbs an, dass die Anmeldefrist bald enden würde. Maria spürte, wie ihr Puls bei der Aussicht auf das, was vor ihnen lag, noch schneller wurde. Die beiden tauschten noch ein paar Worte aus, ihre Blicke trafen sich immer wieder, und die subtile Anziehung zwischen ihnen wurde mit jedem Moment stärker.

Als Maria das Gebäude verließ, spürte sie ein seltsames Gefühl der Vorfreude in ihrer Brust. Alex hatte etwas in ihr geweckt, eine Mischung aus Aufregung und Angst, die sie seit Langem nicht gespürt hatte.

Marlen wartete bereits auf sie.

«Ich habe mich getraut, Marlen! Ich habe das Anmeldeformular wirklich abgegeben» sagte sie mit strahlenden Augen. Die Begegnung mit Alex behielt sie zunächst für sich.

«Das hast du großartig gemacht, Maria!», sagte Marlen mit einem aufmunternden Lächeln. Die beiden Freundinnen umarmten sich kurz, bevor Marlen wieder in das Geschäft ihrer Eltern ging.

Maria ging nach Hause und dachte die ganze Zeit an Alex. Wie er sie ange-

schaut hatte! So, als ob die Buchhandlung leer gewesen wäre und außer ihm
nur sie im Raum gewesen sei.

Alex, der kurz darauf die Buchhand-
lung verließ, fühlte sich seltsam belebt.
Maria, mit ihrer ruhigen Art und ihrer
Leidenschaft für Musik, war wie eine
frische Melodie in seinem gewohnten
Rhythmus.

Sein Herz hatte schneller geschlagen,
als er sie angesehen hatte, und er
konnte kommende Begegnungen kaum
erwarten.

Kapitel 2

Die Tage in Hemmelsheim vergingen, und mit ihnen wuchs die Aufregung um den bevorstehenden Musikwettbewerb. Die Stadt summte vor Vorbereitungen und Erwartungen, während die Teilnehmer ihre Stücke entwarfen, verfeinerten und ihre Nerven zu bändigen versuchten.

Maria verbrachte ihre Zeit zwischen Schule, Marlen, der Buchhandlung und ihrem kleinen Musikzimmer, das nun mehr denn je ihr heiliger Rückzugsort war.

Die Vorstellung, vor einem Publikum zu spielen, füllte sie mit einem Gemisch aus Angst und Vorfreude. Ihre Kompositionen, einst stille Gefährten in einsamen Stunden, würden bald das Licht der Öffentlichkeit erblicken.

Die feinen Züge ihres Gesichts zeigten Anspannung und Erwartung, aber auch eine innere Entschlossenheit. Maria spürte, wie ihre Handflächen leicht schwitzten, als sie die Notenblätter durchging und jedes Detail ihres Stücks überdachte.

In diesen Tagen der Vorbereitung fand sie sich oft in Gedanken an Alex, dessen unerwartete Ermutigung ihr einen Schub an Selbstvertrauen gegeben hatte.

Alex fand kaum Zeit für Ruhe. Zwischen Fußballtraining und Musikproben balancierte er seine Verpflichtungen mit einer Energie, die ihm selbst manchmal fremd vorkam.

Die Vorstellung von Maria, wie sie am Klavier saß und mit leuchtenden Augen von Musik sprach, ließ ihn nicht los.

Seine Schritte wurden oft schneller, wenn er in die Nähe der Buchhandlung kam, in der Hoffnung, sie zufällig zu treffen.

Seine Augen, die normalerweise vor Selbstvertrauen sprühten, zeigten nun einen Hauch von Unsicherheit, wenn er an sie dachte.

Das Schicksal spielte ihnen wieder in die Hände, als sie sich eines Nachmittags erneut in der Buchhandlung begegneten. Maria war auf der Suche nach Noten für ihr Klavierstück, während Alex zufällig nach einem neuen Gitarrenbuch Ausschau hielt.

«Maria!», rief Alex, als er sie zwischen den Regalen entdeckte. Sein Gesicht erhellte sich in einem breiten Lächeln. «Wie laufen deine Vorbereitungen für den Wettbewerb?»

Seine Augen verrieten die Freude und Aufregung, sie wiederzusehen, und seine Worte waren von einer wärmeren Intensität durchdrungen.

Maria drehte sich um, überrascht und erfreut zugleich. Ein längerer Blick von Alex, der ihre Augen auf sich zog, brachte ein sanftes Erröten auf ihre Wangen. Ihr Herz schlug schneller in seiner Nähe.

«Alex! Es läuft… gut, denke ich. Ich bin immer noch ein bisschen nervös.»

Alex, der ihre Reaktion bemerkte, lächelte sanft und legte eine beruhigende Hand auf ihre Schulter.

«Ich bin sicher, du wirst großartig sein», sagte er mit einer Zuversicht, die Maria berührte. Seine Hand, die auf ihrer Schulter ruhte, sandte eine warme Botschaft der Unterstützung.

«Erinnerst du dich an unser Gespräch über das gemeinsame Jammen?», fuhr er fort. «Ich würde wirklich gerne hören, was du komponiert hast.»

Maria zögerte einen Moment, bevor sie mit einem unwillkürlichen Lächeln nickte.

«Ja, ich… ich würde dir gerne meine Musik zeigen. Vielleicht könntest du mir auch ein bisschen von deiner zeigen?»

«Absolut!» Alex' Augen funkelten vor Begeisterung. Ein Hauch von Aufregung lag in der Art, wie er sie ansah.

«Lass uns einen Tag ausmachen. Wie wäre es mit diesem Samstag?»

«Samstag klingt gut», stimmte Maria zu, ihre Hände zitterten leicht vor Vorfreude, aber ihr Lächeln war strahlend.

Sie tauschten Details aus, und als Maria die Buchhandlung verließ, fühlte sie sich leichter und erfüllt von einer angenehmen Aufregung.

Die Aussicht, mit Alex Musik zu machen, gab ihr eine neue Perspektive auf den Wettbewerb.

In den Tagen vor ihrer ersten gemeinsamen Probe mit Alex besuchte Maria Marlen. Diese wusste natürlich inzwischen längst Bescheid.

«Ich bin so nervös», gestand Maria. «Was, wenn ich nicht gut genug bin?»

Marlen legte beruhigend ihre Hand auf Marias Schulter. «Du bist unglaublich talentiert, Maria. Lass deine Musik sprechen. Alex wird das sehen. Und ich bin immer hier, um dich zu unterstützen.»

Samstag kam schneller, als Maria es erwartet hatte.

Die aufkeimende Nervosität, die sich in den Tagen davor in ihr aufgebaut hatte, verwandelte sich in ein Kribbeln der Vorfreude, als sie die letzte Note auf ihrem Klavier spielte.

Sie hatte Stunden damit verbracht, ihre Komposition zu perfektionieren, sich vorzustellen, wie es wäre, sie Alex vorzuspielen. Ihre Hände zitterten vor Aufregung und Erwartung, als sie sich auf das bevorstehende Treffen mit ihm vorbereitete.

Als es an ihrer Tür klopfte, zuckte sie zusammen und ihr Herz begann schneller zu schlagen. Tief durchatmend, ging sie zur Tür und öffnete sie.

Alex stand da, lächelnd, eine Gitarre über der Schulter. Sein Blick haftete einen Moment länger auf ihr, bevor er ihre Augen suchte, und in diesem Augenblick konnte Maria eine leichte

Verlegenheit in seiner Körperhaltung und einen sanften Ausdruck der Vorfreude auf seinem Gesicht erkennen.

«Bereit, Musik zu machen?», fragte er, seine Augen leuchtend vor Begeisterung.

Maria nickte, ein Lächeln umspielte ihre Lippen. Ihre Augen funkelten vor Aufregung und Freude.

«Komm rein», sagte sie und führte ihn in ihr Musikzimmer.

Das Zimmer war klein, aber gemütlich, mit Bücherregalen, die bis zur Decke reichten, und einem alten, aber gut gepflegten Klavier, das im Zentrum stand.

Alex ließ seinen Blick durch den Raum schweifen, wobei er die Einzelheiten bewusst aufnahm.

«Toll ist es hier», bemerkte er, während er seine Gitarre abstellte. «Ein echtes Künstlerrefugium.»

Maria fühlte sich durch sein Kompliment geschmeichelt und gleichzeitig ein wenig verlegen. Ihr Körper entspannte sich jedoch allmählich in seiner Gegenwart, und sie spürte eine tiefe Verbindung zwischen ihnen.

«Danke. Ich verbringe viel Zeit hier.»

Sie setzten sich, Maria am Klavier und Alex mit seiner Gitarre. Zuerst spielten sie ein paar Aufwärmübungen, um sich gegenseitig an ihre Stile zu gewöhnen.

Dann nickte Maria und begann, die ersten Takte ihrer Komposition zu spielen. Die Noten füllten den Raum, sanft und doch kraftvoll, ein Spiegelbild ihrer tiefsten Emotionen.

Während sie spielte, bemerkte sie, wie Alex' Finger sanft über die Saiten seiner Gitarre glitten, und sein Lächeln vertiefte sich.

Alex hörte zu, fasziniert von der Schönheit und Komplexität ihrer Musik. Man konnte ihm seine tiefe Bewunderung für ihre Fähigkeiten direkt ansehen. Als sie endete, war es einen Moment lang still.

«Das war wunderschön», sagte er ehrlich, und seine Stimme hatte einen sanften Klang. «Deine Musik… sie hat etwas Magisches.»

Maria errötete leicht, aber ihr Herz fühlte sich leichter an.

«Danke. Es bedeutet mir viel, das zu hören.»

In diesem Augenblick war die Musik nicht die einzige Verbindung zwischen ihnen.

Dann war es an Alex, seine Fähigkeiten zu zeigen. Er wählte ein lebhaftes Gitarrenstück, das er selbst geschrieben hatte. Seine Finger tanzten geschickt über die Saiten, und die Melodie, die er schuf, war eine Mischung aus Melancholie und Hoffnung.

Während er spielte, konnte Maria die Gefühle in seiner Körpersprache erkennen: Die Spannung in seinen Schultern, als er in die anspruchsvollen Passagen des Stücks eintauchte, und das sanfte Lächeln, das seine Lippen zierte, als er die leisen Töne zupfte. Es war eine andere Seite von ihm, die Maria bisher nicht gekannt hatte.

Als der letzte Akkord verklungen war, sahen sie sich an, ein gegenseitiges Verständnis in ihren Blicken. Maria spürte, wie ihr Herz schneller schlug, und sie konnte in Alex' Augen lesen, dass er ihre Reaktion genau verstand.

«Du bist wirklich talentiert», sagte Maria, ihre Augen glänzend. Ein unwillkürliches Zittern ihrer Hand verriet die Aufregung, die sie in diesem Moment empfand.

«Danke, und du auch», antwortete Alex. Sein Blick auf Maria war intensiv und voller Anerkennung. «Weißt du, wir könnten zusammen etwas wirklich Einzigartiges kreieren. Vielleicht für den Wettbewerb?»

Der Vorschlag überraschte Maria, aber je mehr sie darüber nachdachte, desto mehr gefiel ihr die Idee.

Ein längerer Blick zwischen ihnen verriet, dass sie beide spürten, wie stark ihre musikalische Verbindung war.

«Das… das klingt eigentlich ziemlich gut», sagte sie nachdenklich, und ein leichtes Erröten stieg in ihre Wangen.

So begannen sie, gemeinsam an einem Stück zu arbeiten, das ihre individuellen Talente und Stile vereinte. Die Stunden vergingen, während sie experimentierten und Ideen austauschten. Ihre Musik entwickelte sich zu etwas, das mehr war als die Summe seiner Teile – es war ein echtes Zusammenspiel zweier Seelen.

Als der Abend hereinbrach, hatten sie die Grundlagen für ihr gemeinsames Stück gelegt. Maria fühlte sich belebt, inspiriert von der Zusammenarbeit. Ein längerer Blick zwischen ihnen hatte eine tiefe Verbindung gezeigt, und sie konnte die Aufregung in Alex' Körperhaltung spüren, als er sich für den Abschied vorbereitete.

Alex wiederum teilte ihre Begeisterung; in ihrer Musik hatte er eine neue Herausforderung und eine neue Freude gefunden.

«Das wird beim Wettbewerb etwas Besonderes», sagte er, als er sich zum Gehen vorbereitete. Seine Worte waren begleitet von einem Lächeln, das seine Begeisterung und Zuversicht wider-spiegelte.

«Ja, das wird es», stimmte Maria zu. Sie hatte ebenfalls ein warmes Lächeln auf ihren Lippen.

Nachdem Alex gegangen war, saß Maria noch eine Weile am Klavier, nachdenklich und doch erfüllt. Sie konnte es kaum erwarten, wohin ihre musikalische Reise sie führen würde.

Kapitel 3

Sonntagmorgen war Maria in ihre Musiknoten vertieft, als ihre Mutter das Thema anschnitt, das seit gestern in der Luft lag.

Ihr Vater, der einen Moment seine Zeitung beiseitelegte, warf einen besorgten Blick auf sie. Ein längerer Blick zwischen ihren Eltern verriet ihre Besorgnis.

«Maria, wer war der junge Mann, der dich gestern besucht hat?», fragte ihre Mutter mit einer leicht hochgezogenen Augenbraue, der ihre Neugierde zeigte.

Maria zuckte leicht zusammen, und ihre Finger zitterten für einen Moment, bevor sie ihre Musiknoten als Schild vor sich hielt.

Sie hatte gehofft, dieses Gespräch würde noch etwas auf sich warten lassen.

«Das ist Alex, ein Freund aus der Schule. Er ist auch Musiker», erklärte sie, während sie ihre Worte leise und bestimmt aussprach. Ihre Körpersprache zeigte eine gewisse Zurückhaltung, aber auch Entschlossenheit.

Ihr Vater sprach, und seine Stimme hatte einen ernsten Ton.

«Du weißt, wie wichtig dein Musikstudium ist, Maria. Dein Abschluss steht bevor, und du musst dich darauf konzentrieren. Ein junger Mann könnte eine Ablenkung sein.»

In seinem Gesicht konnte man die Sorge und die Erwartung sehen, die er an seine Tochter richtete.

Maria spürte ein Gefühl der Beklemmung, aber sie wusste, dass sie ihre Gefühle und Gedanken ausdrücken musste.

«Ich verstehe eure Sorgen», sagte sie sanft. «Aber Alex ist auch ein leidenschaftlicher Musiker. Er inspiriert mich,

und wir üben zusammen für den Wettbewerb.»

Ihre Mutter seufzte, ein Ausdruck der Fürsorge in ihren Augen.

«Wir wollen nur das Beste für dich, Liebling. Liebe und Beziehungen können warten, bis du deinen Abschluss in der Tasche hast.»

Maria fühlte den Druck dieser Erwartungen. Sie liebte die Musik, sie war ein Teil von ihr, aber die Begegnung mit Alex hatte etwas in ihr geweckt, das über die Noten auf dem Papier hinausging.

Ihr Herz klopfte schneller, und ihre Handflächen wurden leicht feucht.

«Ich verspreche, dass ich mich auf meine Abschlussprüfungen konzentrieren werde», sagte sie, aber in ihrem Herzen fragte sie sich, ob sie wirklich zwischen Herz und Pflicht wählen musste.

Nach dem Gespräch mit ihren Eltern suchte Maria Marlen auf. Sie brauchte einen Rat, jemanden, der verstand.

«Marlen, ich fühle mich so zerrissen», erklärte Maria.

«Hör zu, Maria. Du darfst nicht zulassen, dass die Ängste anderer deine Träume beherrschen», riet Marlen. «Du musst das tun, was dein Herz dir sagt. Und wenn das bedeutet, Zeit mit Alex zu verbringen, dann tu es.»

Diese Worte stärkten Maria. Marlen hatte recht.

Der Tag verging in einem Wirbel aus Noten und Lehrbüchern, unterbrochen von Momenten, in denen ihre Gedanken zu Alex abschweiften. Ihre gemeinsame Musiksession hatte eine Saite in ihr zum Schwingen gebracht, die sie nicht mehr ignorieren konnte.

Nach ihrer gemeinsamen Musiksession fand sich Alex zu Hause bei seinem Vater wieder, der ihn bei einer Tasse Kaffee am Küchentisch erwartete. Alex' Vater war ein pragmatischer Mann, der seit dem frühen Tod von Alex' Mutter die Doppelrolle als Vater und Mutter übernommen hatte. Fußball war immer ein Bindeglied zwischen ihnen gewesen, eine gemeinsame Leidenschaft.

«Wie läuft es beim Fußball, Alex?», fragte sein Vater, während er einen Blick auf die zahlreichen Trophäen warf, die in einem Regal standen. Der Ausdruck seiner Augen verriet eine gewisse Sorge um seinen Sohn.

Alex rührte in seinem Kaffee, seine Gedanken noch immer bei Maria und der Musik.

«Es läuft gut, Vater. Das Team bereitet sich auf das große Turnier in vier Wochen vor.»

Sein Vater nickte zufrieden.

«Du weißt, wie wichtig dieses Turnier ist. Ein gutes Abschneiden könnte dir ein Stipendium fürs College sichern. Du musst dich darauf konzentrieren.»
Die Worte seines Vaters erinnerten ihn an seine Verantwortung, aber sein Herz zog ihn gleichzeitig in eine andere Richtung.

Alex spürte den Druck dieser Worte tief in seinem Inneren. Sein Vater, ein Mann mit klaren Vorstellungen von der Zukunft seines Sohnes, hatte große Hoffnungen auf ein College-Stipendium gesetzt, als Weg zu einer besseren Zukunft.

Während er seinem Vater antwortete, versuchte er, seine Unsicherheit zu verbergen, doch seine Körpersprache verriet den inneren Konflikt.

Seine Schultern waren leicht gesenkt, und sein Blick schweifte ab, als er über seine Verpflichtungen gegenüber dem Fußball nachdachte.

Aber in seinem Herzen wusste Alex, dass etwas sich verändert hatte. Die Musik und Maria hatten einen neuen Wunsch in ihm entfacht, etwas, das über den Fußballplatz hinausging.

Ein unwillkürliches Lächeln erschien auf seinem Gesicht, als er an die Momente der Zusammenarbeit mit Maria dachte.

Er fragte sich, ob es möglich war, sowohl seinem Vater gerecht zu werden als auch seiner neu entdeckten Leidenschaft für die Musik nachzugehen.

«Alex, du hast ein großes Talent. Nutze es», sagte sein Vater ernst, aber mit einem liebevollen Unterton, und legte eine Hand auf Alex' Schulter. Der längere Blick, den sie austauschten, zeigte das tiefe Verständnis zwischen ihnen, aber auch die Herausforderungen, die vor ihnen lagen.

«Danke, Vater. Ich verstehe», antwortete Alex, sein Herz hin- und hergerissen zwischen Pflicht und Leidenschaft.

Später in seinem Zimmer nahm er seine Gitarre in die Hand.

Das Stück, das er wählte, war eine Eigenkomposition, ein Spiegelbild seiner inneren Kämpfe zwischen der Welt des Fußballs und der Leidenschaft für die Musik.

Die ersten Töne waren weich und melancholisch, fast wie ein sanftes Seufzen. Seine Finger bewegten sich langsam über die Saiten, als würden sie die Tiefe seiner Gedanken und die Schwere seiner Entscheidungen ausdrücken. Jeder Akkord klang wie ein Echo der Zerrissenheit in seiner Seele, ein musikalischer Ausdruck der Unsicherheit und des Zweifels, die ihn umgaben.

Dann, fast unmerklich, begann das Tempo zu steigen. Die Melodie nahm an Intensität zu, als würden seine Emotionen und Gedanken an Kraft gewinnen.

Die schnelleren Passagen spiegelten seine Entschlossenheit und seinen Mut wider, seine Träume und Wünsche nicht aufzugeben. Die Musik wurde kraftvoller, dynamischer, fast kämpferisch, als wollte er sich gegen die Ketten der Erwartungen und den Druck, der auf ihm lastete, auflehnen.

Im Wechselspiel zwischen den langsamen, nachdenklichen Teilen und den lebhafteren, entschlossenen Abschnitten offenbarte das Stück die ganze Bandbreite von Alex' Emotionen.

Es war, als würde er durch die Musik einen Weg durch seine Konflikte suchen, eine Harmonie in der Dissonanz seiner Gefühle finden.

Als das Stück schließlich endete, ließ Alex die Gitarre langsam sinken.

Er atmete tief durch, die Nachklänge seiner Komposition noch in der Luft. In diesem Moment, umgeben von der Dunkelheit seines Zimmers, fühlte er eine Klarheit in sich.

Die Musik hatte ihm geholfen, seine
Gedanken zu ordnen und seine Entschlossenheit zu festigen.

Kapitel 4

Die nächsten Wochen waren für Maria und Alex eine Zeit intensiver Vorbereitung und innerer Auseinandersetzung. Während Maria ihre Zeit zwischen intensiven Klavierübungen und dem Studium für ihre Abschlussprüfungen aufteilte, rang Alex auf dem Fußballfeld und in seinen musikalischen Bemühungen mit seinen Ambitionen und Zweifeln.

In der Schule kreuzten sich ihre Wege immer wieder, oft nur für kurze Momente zwischen den Klassen.

Ein Lächeln, ein flüchtiger Blick – diese kleinen Begegnungen wurden zu leuchtenden Momenten in ihren ansonsten anspruchsvollen Tagen.

Maria spürte, wie der Druck stieg. Die Abschlussprüfungen rückten näher, und die Erwartungen ihrer Eltern schienen mit jedem Tag zu wachsen.

In den seltenen Augenblicken der Ruhe fand sie Trost in der Musik, in den Melodien, die sie und Alex gemeinsam erschaffen hatten.

Inmitten der Vorbereitungen traf sich Maria häufig mit Marlen. «Ich weiß nicht, ob ich das alles schaffe», gestand Maria während einer Kaffeepause.

Marlen sah sie direkt an. «Du bist stärker, als du denkst, Maria. Und denk daran, du hast Alex und mich. Wir sind hier, um dich zu unterstützen.»

Eines Nachmittags, nach einer langen Übungssession in der Schule, fand Maria eine Nachricht von Alex auf ihrem Handy. «Lass uns heute Abend treffen», stand dort geschrieben.

Ihr Herz schlug schneller bei der Vorstellung, ihn heute Abend wieder zu sehen.

Sie trafen sich im Park, unter den alten Eichen, die Zeugen so vieler Geschichten Hemmelsheims waren.

Alex sah nachdenklich aus, als er auf sie zuging. Seine Schritte waren langsam, und seine Augen trugen einen Ausdruck der Ernsthaftigkeit, der in ihrer Körpersprache widergespiegelt wurde. Sein trauriger Blick, als er sie erreichte, verriet die Tiefe seiner Gefühle.

«Maria», begann er, «ich stehe vor einer schwierigen Entscheidung. Das Fußballturnier steht bevor, und mein Vater setzt große Hoffnungen in ein Stipendium. Aber die Musik… mit dir… es hat etwas in mir verändert.»

Alex' Hände zitterten leicht, eine unbewusste Mikroexpression seiner inneren Unruhe.

Maria hörte ihm zu, ihr Herz schwer von Empathie. Sie konnte die Spannung in seinen Schultern spüren, während er sprach.

«Ich verstehe das», sagte sie leise. «Ich stehe auch unter Druck. Meine Eltern, die Prüfungen… Es ist nicht einfach.»

Ihre Stimme war ruhig, aber in ihren Augen spiegelte sich die gleiche Ernsthaftigkeit wie in seinen.

Sie saßen eine Weile schweigend da, jeder in seinen Gedanken verloren.

Dann nahm Alex ihre Hand, eine Geste, die mehr sagte als Worte. Die sanfte Berührung ihrer Finger drückte Nähe und Verbindung aus.

Die Art und Weise, wie er ihre Hand hielt, zeigte, dass er sich ihrer Gefühle bewusst war.

«Was auch immer passiert, ich möchte, dass du weißt, wie sehr du mich inspiriert hast. Unsere Musik, die Momente zusammen… sie bedeuten mir so viel.»

Alex' Stimme war leise, aber voller Aufrichtigkeit.

Maria sah in seine Augen und fand dort einen Spiegel ihrer eigenen Gefühle.

«Alex, ich… ich fühle dasselbe. Aber wir müssen auch realistisch sein. Unsere Verpflichtungen…»

«Ja», unterbrach er sie sanft, «unsere Verpflichtungen. Aber ich möchte nicht, dass das bedeutet, unsere Träume aufzugeben.»

Die Luft im Park war erfüllt von der Frische des beginnenden Herbstes. Maria und Alex saßen nebeneinander, eingehüllt in eine Stille, die mehr sagte als Worte. Der Mond warf ein sanftes Licht auf ihre Gesichter.

«Wir könnten…», begann Maria zögerlich, «vielleicht finden wir einen Weg, beides zu tun. Unsere Verpflichtungen zu erfüllen und unserer Leidenschaft für die Musik zu folgen.»

Alex nickte.

«Ich habe darüber nachgedacht. Vielleicht könnten wir unsere Übungszeiten besser planen, um sowohl dem Fußball als auch der Musik gerecht zu werden.»

«Und ich könnte meine Lernzeiten umstrukturieren, sodass ich genug Zeit für unsere gemeinsame Musik habe», fügte Maria hinzu, ihre Stimme von neuer Entschlossenheit getragen.

«Wir müssen nur kreativ sein und hart arbeiten.»

Ein Lächeln breitete sich auf Alex' Gesicht aus, begleitet von einem Ausdruck der Erleichterung.

«Genau. Wir lassen uns von unseren Herausforderungen nicht unterkriegen, sondern nutzen sie als Sprungbrett.»

Sie sprachen weiter über ihre Pläne, wie sie ihre Zeit effektiv nutzen und sich gegenseitig unterstützen könnten.

Es war nicht nur eine Diskussion über Logistik; es war ein Austausch von Hoffnungen und Träumen, ein Versprechen, sich nicht von den Hürden des Lebens abbringen zu lassen.

Als der Abend fortschritt, verabschiedeten sie sich mit einem Gefühl der Zuversicht.

Maria ging nach Hause, ihre Gedanken klarer als zuvor.

Alex hingegen ging mit einem Gefühl der Bestimmung. Die Gespräche mit Maria hatten ihm eine neue Perspektive gegeben. Ein Lächeln zeigte sich auf seinem Gesicht, als er über die Zukunft nachdachte.

Er war bereit, sich den Herausforderungen zu stellen und dabei sein Herz nicht zu vergessen.

In den folgenden Tagen setzten Maria und Alex ihre Pläne in die Tat um. Sie nutzten jede freie Minute, um zu üben, zu lernen und sich auf den Wettbewerb vorzubereiten.

Ihre gemeinsamen Proben wurden zu Momenten des Lachens und der Freude, einer willkommenen Abwechslung vom Druck des Alltags.

In Marias Musikzimmer, umgeben von Notenblättern und einer Atmosphäre kreativer Energie, saßen Maria am Klavier und Alex mit seiner Gitarre.

Sie waren dabei, eine eigene Komposition zu proben – eine faszinierende

Fusion aus klassischen Klavierklängen und modernen Gitarrenriffs.

Maria begann mit einer zarten Klaviermelodie, ihre Finger tänzelten leicht und präzise über die Tasten. Die Melodie war weich und lyrisch, mit einer ruhigen Schönheit, die den Raum erfüllte. Ihre Augen waren geschlossen, als sie sich in den Fluss der Musik fallen ließ, jeder Takt ein flüsterndes Versprechen.

Alex wartete einen Moment, lauschend und abwägend, bevor er einstimmte.

Seine Gitarre brachte einen Kontrast – die Riffs waren kraftvoll und modern, doch sie ergänzten das Klavier auf eine Weise, die sowohl überraschend als auch harmonisch war. Seine Finger bewegten sich geschickt über die Saiten, erzeugten Töne, die sowohl rau als auch melodisch waren.

Das Zusammenspiel ihrer Instrumente schuf eine Dynamik, die sowohl kontrastreich als auch ergänzend war.

Marias klassische Klänge vermischten sich mit Alex' modernem Stil zu einer Melodie, die sowohl zeitlos als auch innovativ war. Es war, als würden zwei Welten aufeinandertreffen und sich zu etwas Neuem, Aufregendem vereinen.

In den intensiveren Abschnitten des Stücks stiegen sie beide in ihrer Leidenschaft. Maria ließ das Klavier singen, ihre Hände tanzten über die Tasten mit einer Energie, die sich in den Raum ausbreitete.

Alex antwortete mit lebhaften, energiegeladenen Riffs, die die Intensität noch steigerten.

Als das Stück seinen Höhepunkt erreichte, schauten sie sich kurz an – ein stiller, verständnisvoller Blick, der ihre Verbindung und ihr gegenseitiges Vertrauen in der Musik bestätigte. Dann ließen sie das Stück in einem sanften, erfüllenden Finale ausklingen.

Nachdem die letzten Noten verklungen waren, lächelten sie sich an, beide

erfüllt von der Freude am gemeinsamen Schaffen.

In diesem Moment war es nicht nur
ihre Musik, die harmonierte – es war
ihre Freundschaft, ihre Kreativität und
ihr gegenseitiges Verständnis, die in
perfekter Harmonie zusammenklangen.

In Marias Zimmer, umgeben von Musiknoten und dem sanften Schein einer Schreibtischlampe, saßen Maria und Marlen auf dem Boden, lehnten sich an das Bett. Eine sanfte Melodie spielte im Hintergrund, während sie eine kurze Pause von ihren Studien machten.

Marlen beobachtete Maria, die nachdenklich in die Ferne blickte.

«Du denkst an den Wettbewerb, nicht wahr?», fragte sie sanft.

Maria nickte.

«Ja, und an alles, was danach kommt. Die Musik, meine Zukunft…»

«Du wirst großartig sein», ermutigte Marlen sie. «Du und Alex, ihr seid ein tolles Team. Eure Musik ist etwas Besonderes.»

Maria lächelte schwach. «Danke, Marlen. Aber ich weiß, dass es für dich nicht einfach ist. Du hilfst mir so viel, und doch…»

Marlen winkte ab. «Ich liebe es, dir zu helfen. Musik ist deine Welt, Maria. Bei mir ist es das Geschäft meiner Eltern. Jeder hat seinen eigenen Weg, nicht wahr?»

«Aber vermisst du es nicht, deine eigenen Träume zu verfolgen?», fragte Maria.

Marlen seufzte.

«Ich verfolge ja meine eigenen Träume. Das Geschäft zu übernehmen, es weiterzuführen und vielleicht sogar zu erweitern, das ist mein Wunsch. Es ist keine Musik, aber es ist meine Art, kreativ zu sein.»

Maria nickte verstehend.

«Du bist immer für mich da, Marlen. Ich hoffe, ich kann dasselbe für dich sein.»

Marlen lächelte.

«Das bist du, Maria. Wir unterstützen uns gegenseitig, auf unterschiedliche Weise.»

Die beiden Freundinnen saßen noch eine Weile zusammen, lauschten der Musik und sprachen über ihre Pläne und Träume.

Kapitel 5

Der Herbst in Hemmelsheim brachte nicht nur ein Kaleidoskop an Farben, sondern auch eine Zeit der Veränderung und des Wachstums für Maria und Alex.

Die Farben der Blätter verwandelten sich in leuchtende Orangetöne und tiefes Rot, ein visuelles Echo der Leidenschaft und Energie, die in beiden jungen Menschen brodelte.

Maria fand sich in einem rhythmischen Tanz zwischen ihren Büchern und dem Klavier. Ihre Tage waren lang und anstrengend, aber sie spürte eine wachsende Zufriedenheit.

Die Musik, die sie mit Alex teilte, war zu einem kostbaren Zufluchtsort geworden, einer Welt, in der sie sich frei ausdrücken konnte.

In der Schule trafen Maria und Alex sich in gestohlenen Momenten – ein kurzes Gespräch am Schließfach, ein gemeinsames Lächeln im Gang. Diese flüchtigen Begegnungen waren kleine Oasen in ihrem straff organisierten Alltag, und das Zittern einer Hand, wenn sie sich berührten, verriet die Aufregung, die in der Luft lag.

Alex, der sich sowohl auf das bevorstehende Fußballturnier als auch auf den Musikwettbewerb vorbereitete, fand in seiner doppelten Verpflichtung eine unerwartete Quelle der Stärke.

Fußball gab ihm Disziplin und Entschlossenheit, während die Musik ihm Freude und Kreativität bot.

Eines Nachmittags, als die Sonne tief am Horizont stand und die Welt in ein goldenes Licht tauchte, trafen sich Maria und Alex im Park.

Sie saßen auf ihrer gewohnten Bank unter den alten Eichen und tauschten ihre neuesten Fortschritte aus.

Beide hatten ihre Gitarren dabei und spielten gemeinsam eine Version des Songs, den sie komponiert hatten.

«Es klingt einfach wundervoll», sagte Maria.

Alex nickte.

Sie sprachen über den kommenden Wettbewerb, über ihre Hoffnungen und Ängste. Maria gestand, dass sie immer noch nervös war, vor einem Publikum zu spielen. Alex, der in solchen Situationen erfahrener war, bot ihr seine Unterstützung an, und seine Worte waren wie ein Trost in dieser aufregenden, aber auch beängstigenden Zeit.

«Du wirst großartig sein, Maria. Deine Musik spricht für sich. Und ich werde da sein, um dich zu unterstützen», sagte er mit einem ermutigenden Lächeln, das wie ein Sonnenstrahl ihre Sorgen vertrieb.

Als der Abend hereinbrach, übten sie noch einmal gemeinsam. Ihre Musik vermischte sich mit den Geräuschen

des Abends – das leise Rauschen der Blätter, das ferne Bellen eines Hundes.
In diesem Moment, umgeben von der Schönheit des Herbstes, fühlten sie sich bereit, jedem Sturm zu begegnen, der auf sie zukommen mochte.

Das große Fußballturnier war ein Ereignis, das in Hemmelsheim mit Spannung erwartet wurde. Die Tribünen waren gefüllt mit Zuschauern, die in den Farben ihres Teams gekleidet waren, ihre Stimmen vereint in aufgeregtem Gemurmel.

Maria, die sich unter die Menge mischte, spürte die elektrisierende Atmosphäre. Sie suchte einen Platz, von dem aus sie das Spiel gut beobachten konnte, ihr Herz schlug im Takt der Trommeln und Fanfaren.

Als die Spieler auf das Feld liefen, wurde Alex mit Jubelschreien begrüßt. Er sah entschlossen aus, seine Augen fest auf das Ziel gerichtet.

Als Stürmer war er für seine Schnelligkeit und seine Fähigkeit, Chancen zu erkennen und zu nutzen, bekannt. Seine kraftvollen Bewegungen auf dem Feld zeigten eine Entschlossenheit und Hingabe, die Maria nur bewundern konnte.

In diesen Momenten erkannte sie, wie tief ihre Gefühle für ihn geworden waren und wie sehr sie sich für sein Glück und seinen Erfolg wünschte.

Das Spiel begann mit einer Energie, die durch die Menge pulsierte. Alex und sein Team zeigten sofort ihre Stärke. Sie spielten koordiniert, mit einer Präzision, die von vielen Trainingsstunden zeugte. Alex bewegte sich flink über das Feld, immer auf der Suche nach einer Möglichkeit, zum Angriff überzugehen.

In der 20. Minute ergab sich die erste große Chance. Ein scharfer Pass von einem Mittelfeldspieler fand Alex, der geschickt einen Verteidiger umspielte und aufs Tor zustürmte. Die Menge hielt den Atem an, als er den Ball mit einem kraftvollen Schuss ins Netz beförderte.

Der Jubel, der ausbrach, war ohrenbetäubend.

Maria klatschte und jubelte, ihr Herz erfüllt von Stolz. Sie sah, wie Alex für einen Moment in die Menge blickte, ihr Blick trafen sich, und er lächelte, ein strahlendes Zeichen seiner Freude und des geteilten Moments.

Das Spiel setzte sich fort, ein Wechselspiel aus Spannung und Euphorie. Alex' Team hielt den Druck aufrecht, und er war ein Schlüsselelement in ihrem Spiel. Seine Bewegungen waren fließend und präzise, ein Tanz mit dem Ball, der die Verteidigung des gegnerischen Teams immer wieder herausforderte.

In der zweiten Halbzeit stand es 2:1 für Alex' Team. Die Spannung war fast greifbar, als das gegnerische Team ihre Anstrengungen verdoppelte.

In den letzten Minuten des Spiels gelang es dem Gegner, den Ausgleich zu erzielen, was die Stimmung auf ein fiebriges Hoch trieb.

Die letzten Sekunden des Spiels waren angebrochen. Alex erhielt den Ball, dribbelte geschickt an zwei Gegenspielern vorbei und zielte aufs Tor.

In einem Moment, der wie eine Ewigkeit schien, flog der Ball in einem eleganten Bogen ins Netz – ein perfekter Treffer. Das Stadion explodierte in einem Meer aus Jubel und Beifall.

Als das Spiel endete und Alex' Team als Sieger hervorging, war die Freude unbeschreiblich. Maria kämpfte sich durch die Menge, um zu ihm zu gelangen.

Als sie sich trafen, umarmten sie sich, ein Moment des Triumphes und der Freude, geteilt zwischen zwei Menschen, die auf ihren eigenen Wegen Herausragendes leisteten.

Die Freude und das Glück spiegelten sich in ihren strahlenden Augen und dem breiten, stolzen Lächeln auf ihren Lippen wider.

Kapitel 6

Nach dem aufregenden Spiel musste Maria schnell das Stadion verlassen, um nicht in Schwierigkeiten mit ihren Eltern zu geraten. Sie warf Alex, der von seinen Teamkollegen umringt wurde, einen letzten Blick zu und eilte dann nach Hause, um ihre Verpflichtungen zu erfüllen.

Ihre Augen strahlten, und ihre Lippen trugen ein stolzes, erfreutes Lächeln, als sie sich von ihm verabschiedete.

Auf dem Heimweg husche sie noch schnell ins Bekleidungsgeschäft und erstatte Marlen Bericht.

«Ich bin so stolz auf Alex, aber gleichzeitig macht es mich nervös», gestand Maria.

«Du bist verliebt, nicht wahr?», fragte Marlen sanft. «Das ist etwas Schönes. Sei einfach für ihn da, so wie er für dich. Er wird das zu schätzen wissen.»

Alex hingegen blieb noch, um den Sieg mit seinem Team zu feiern. Inmitten der ausgelassenen Stimmung stichelte einer seiner Teamkollegen: «Hey Alex, wer war das hübsche Mädchen, das dich umarmt hat?»

Alex lächelte leicht, ein Gefühl der Wärme in sich aufsteigend, als er an Maria dachte.

«Das ist Maria, eine Freundin aus der Schule», antwortete er und bemühte sich, die aufkommende Neugierde seiner Freunde zu dämpfen.

«Na, sieht so aus, als hättest du auch abseits des Spielfelds Erfolg», scherzte ein anderer Spieler, woraufhin Alex nur lachte und das Thema wechselte.

In seinem Inneren wusste er, dass seine Beziehung zu Maria etwas Tieferes und Bedeutenderes war, als seine Freunde ahnten.

Die Zuneigung und das stille Einverständnis zwischen ihnen hatten etwas

Magisches, das sich nicht so einfach in Worte fassen ließ.

Später am Abend, als Alex nach Hause kam, wartete sein Vater auf ihn. Der Ausdruck in seinen Augen war fröhlich, und er sprach mit aufgeregter Stimme.

«Alex, ich habe mit dem Talentscout gesprochen», begann er. «Er war sehr beeindruckt von deiner Leistung heute.»

Ein Gefühl des Stolzes durchflutete Alex. Sein Lächeln konnte er jedoch nicht verbergen. «Das ist fantastisch zu hören!»

«Ja, er denkt, du könntest für ein Stipendium in Frage kommen. Aber er erwartet, dass du dich voll und ganz auf den Fußball konzentrierst», fügte sein Vater hinzu.

Alex spürte eine Mischung aus Freude und Beklemmung. Die Anerkennung war überwältigend, doch der Gedanke an die Musik und die Stunden mit Maria ließen ihn zögern.

Wieder stand er vor der schwierigen Wahl zwischen dem Wunsch seines Vaters und seiner eigenen Leidenschaft. «Ich verstehe», sagte er nachdenklich. «Ich werde darüber nachdenken.» Sein Vater nickte, offenbar zufrieden mit dieser Antwort.

In seinem Zimmer lag Alex später wach und grübelte. Die Entscheidung, die vor ihm lag, war nicht leicht. Fußball bot ihm eine sichere Zukunft, doch die Musik und vor allem Maria hatten etwas in ihm erweckt, das er nicht ignorieren konnte. Die Gedanken wirbelten in seinem Kopf, und er fühlte sich hin- und hergerissen zwischen den Erwartungen seines Vaters und den eigenen Wünschen.

Spät in der Nacht, nachdem die Lichter im Haus bereits erloschen waren, fanden sich Marias Eltern, Johann und Elise, in ihrem gemütlichen Wohnzimmer ein. Umgeben von den Zeichen ihres eigenen musikalischen Lebens, wirkten sie nachdenklich.

«Elise, ich mache mir Sorgen um Maria», begann Johann, während er gedankenverloren mit seiner Teetasse spielte. «Sie scheint so… abgelenkt seit dieser Jungen, Alex, in ihrem Leben aufgetaucht ist.»

Elise nickte, ihr Blick sorgenvoll. «Ich weiß. Sie ist eine unglaublich talentierte Pianistin. Wir haben so viel in ihre Ausbildung investiert. Ich hatte gehofft, sie würde ihre ganze Aufmerksamkeit auf ihre Musik legen.»

Johann seufzte.

«Ich verstehe, dass sie jung ist und… eigene Erfahrungen machen muss. Aber ihre Musik, ihre Karriere – das sollte jetzt an erster Stelle stehen.»

«Vielleicht sollten wir mit ihr sprechen», schlug Elise vor. «Wir könnten ihr erklären, wie wichtig diese Jahre für ihre Entwicklung als Musikerin sind.»
«Ja, sie muss verstehen, dass einige Opfer nötig sind, um in der Musikwelt Erfolg zu haben», fügte Johann hinzu.
«Und im Moment scheint dieser junge Mann eher eine Ablenkung zu sein.»
Elise seufzte nun auch.
«Wir wollen nur das Beste für sie. Aber es bricht mir das Herz zu denken, dass wir sie bitten müssen, sich von jemandem zu entfernen, der ihr offensichtlich wichtig ist.»
«Es geht um ihre Zukunft», sagte Johann fest. «Und manchmal bedeutet Liebe, schwierige Entscheidungen zu treffen. Wir müssen stark für sie sein.»
In der Stille des Raumes, umgeben von den Erinnerungen an ihre eigenen musikalischen Träume und Herausforderungen, fanden Marias Eltern eine gemeinsame Entschlossenheit.

Sie würden Maria dazu ermutigen, sich auf ihre Musik zu konzentrieren, auch wenn das bedeutete, schwierige Gespräche über ihre persönlichen Beziehungen zu führen.

Maria, umgeben von Musiknoten und Kompositionsskizzen, blickte auf, als ihr Vater das Zimmer betrat. Sein Gesicht zeigte Besorgnis, gemischt mit einer Spur von Unbehagen.

«Maria, wir müssen über Alex sprechen», begann er vorsichtig.

Maria spürte, wie sich ihr Magen zusammenzog. Sie hatte gehofft, dieses Gespräch vermeiden zu können.

«Was ist mit Alex, Papa?»

Ihr Vater atmete tief durch, bevor er fortfuhr.

«Deine Mutter und ich haben bemerkt, dass du viel Zeit mit ihm verbringst. Wir schätzen seine Freundschaft, aber wir fürchten, dass er dich von deinen musikalischen Zielen ablenken könnte», erklärte er ihr.

Maria fühlte sich in die Enge getrieben.

«Aber Alex ist ein Teil meiner Musik. Wir arbeiten zusammen an einem Stück für den Wettbewerb. Er inspiriert mich», verteidigte sie sich.

Ihr Vater seufzte und strich sich eine Haarsträhne aus der Stirn.

«Ich verstehe, dass er dir wichtig ist, aber deine Zukunft als Musikerin steht auf dem Spiel. Du stehst kurz vor dem Abschluss, und deine Aufführungen und Prüfungen sind entscheidend», sagte er, seine Stimme von der Sorge um ihre Zukunft bestimmt.

In seinen Augen spiegelte sich die Hoffnung, dass sie seine Bedenken verstehen würde.

Maria sah ihren Vater an, ihre Augen füllten sich mit Tränen. Sie fühlte sich zerrissen zwischen der Loyalität zu ihren Eltern und ihren Gefühlen für Alex.

Ein leiser Seufzer entglitt ihren Lippen, während sie nach Worten rang, die die

Tiefe ihrer Empfindungen ausdrücken konnten.

«Ich verstehe», sagte sie. Mehr brachte sie nicht zustande.

Nachdem Maria sich den Ermahnungen ihres Vaters gestellt hatte, lag sie in ihrem Bett und starrte an die Decke. Die Worte ihres Vaters hallten in ihrem Kopf wider, und sie kämpfte mit der Angst, Alex und ihre Eltern gleichermaßen zu enttäuschen.

Ihre Gedanken kreisten unruhig um die bevorstehenden Prüfungen, ihre musikalische Zukunft und die ungewisse Rolle, die Alex in all dem spielte.

Währenddessen saß Alex in seinem Zimmer, die Wände um ihn herum gefüllt mit Erinnerungen an seine Fußballerfolge. Der Talentscout hatte ihm eine glänzende Zukunft im Fußball in Aussicht gestellt, ein Weg, den sein Vater mit Begeisterung unterstützte.

Doch in dieser Nacht, während er über seine Zukunft nachdachte, wurde ihm klar, dass sein Herz woanders lag.

Alex hatte sich immer als Fußballer gesehen, aber die Musik hatte eine neue Leidenschaft in ihm entfacht, eine, die er nicht ignorieren konnte. Mehr noch, seine Beziehung zu Maria und die gemeinsame Arbeit an ihrer Musik hatten sein Leben auf eine Weise bereichert, die er nie für möglich gehalten hätte.

In den stillen Stunden der Nacht spiegelte sich sein innerer Konflikt in der Art und Weise, wie er unruhig auf seinem Bett saß und mit den Gedanken rang.

Am nächsten Morgen traf Alex eine Entscheidung, die sein Leben verändern würde. Er rief den Talentscout an und teilte ihm mit, dass er das Stipendium ablehnen würde. Es war keine leichte Entscheidung, aber eine, die er für richtig hielt.

Als er seinem Vater die Nachricht überbrachte, war die Enttäuschung in dessen Augen deutlich zu sehen.

«Alex, bist du sicher? Dies ist eine einmalige Chance», sagte sein Vater.

Alex konnte den schweren Kloß in seinem Hals spüren, als er seinem Vater gegenüberstand. Er konnte die Zweifel in dessen Körperhaltung ablesen, den leichten Ruck in seinen Schultern und den langen, suchenden Blick, den sein Vater auf ihn richtete.

«Ich weiß, Vater», begann Alex zögerlich. «Aber ich muss meinem Herzen folgen. Und mein Herz gehört der Musik», erklärte Alex fest. Und es gehört Maria, dachte er, sprach das aber nicht aus.

Sein Vater nickte traurig.

«Ich will nur, dass du glücklich bist, Alex. Auch wenn ich deine Entscheidung nicht ganz verstehe, werde ich dich unterstützen.»

In diesem Moment fühlte Alex eine tiefe Erleichterung und Dankbarkeit. Er wusste, dass der Weg vor ihm nicht einfach sein würde, aber er war bereit, für seine Träume zu kämpfen.

Er setzte sich zu seinem Vater, der gerade die Wiederholung eines Fußballspiels ansah und schaute mit ihm.

Nachdem das Spiel vorbei war und der Fernseher in der Stille des Wohnzimmers nur noch ein leises Rauschen von sich gab, saß Alex neben seinem Vater Thomas auf dem alten, gemütlichen Sofa. Die Entscheidung, das Stipendium abzulehnen, lag wie ein unsichtbares Gewicht im Raum.

Thomas brach das Schweigen.

«Alex, ich weiß, dass es keine leichte Entscheidung für dich war, das Stipendium abzulehnen. Ich will, dass du weißt, dass ich stolz auf dich bin.»

Alex blickte auf, ein wenig überrascht über die Worte seines Vaters. «Danke, Vater. Ich hatte Angst, dich zu enttäuschen.»

«Du enttäuschst mich nicht», erwiderte Thomas. «Du hast Mut bewiesen. Es erfordert Stärke, seinem Herzen zu folgen, besonders wenn es gegen den Strom schwimmt.»

Alex lächelte schwach. «Es ist nicht nur die Musik... es ist auch Maria. Sie hat mir gezeigt, dass es im Leben um mehr als nur Fußball geht.»

Thomas nickte langsam.

«Du bist jung, Alex. Es ist wichtig, verschiedene Pfade im Leben zu erkunden. Maria scheint dir viel zu bedeuten. Sie zu unterstützen und mit ihr zusammenzuwachsen, ist auch ein Teil deiner Reise.»

«Ich hoffe nur, ich habe die richtige Entscheidung getroffen», sagte Alex nachdenklich.

«Es gibt im Leben selten eine ,richtige‘ Entscheidung», sagte Thomas. «Es gibt nur den Weg, den wir wählen, und was wir daraus machen. Du hast Talent und Leidenschaft. Egal, ob auf dem Fußballfeld oder am Klavier, ich bin sicher, du wirst deinen Weg finden.»

In der Stille des Raumes, umgeben von den Erinnerungen an unzählige Spiele und gemeinsame Stunden, fühlte sich Alex von der Unterstützung seines Vaters gestärkt. Es war ein Moment des Verständnisses und der Akzeptanz, ein neuer Anfang für seine Zukunft.

Kapitel 7

In den Tagen nach ihrem Gespräch mit ihrem Vater fand Maria sich in einer Welt der inneren Konflikte und des emotionalen Aufruhrs wieder.

Obwohl Marlen ihr dazu geraten hatte, auch einmal an sich zu denken und das zu tun, was sie selbst für richtig hielt, war sie es zu sehr gewohnt, alles zu tun, was ihre Eltern sagten.

Während sie ihm also auf Geheiß ihrer Eltern aus dem Weg ging, fühlte sie eine tiefe Leere. Jeder Gang durch die Schulkorridore, bei dem sie ihm aus dem Weg ging, hinterließ ein schmerzhaftes Ziehen in ihrem Herzen.

Ihre Blicke trafen sich nur noch flüchtig, und Maria drehte sich immer weg, wenn es doch mal geschah. Am Handy hatte sie ihn blockiert, damit seine Nachrichten sie nicht ablenken und umstimmen würden.

Alex, auf der anderen Seite, war von Marias plötzlicher Distanz zutiefst verwirrt und verletzt. Er hatte gehofft, dass seine Entscheidung, das Fußballstipendium abzulehnen, ihre Verbindung vertiefen würde.

Er konnte ihr nicht einmal davon erzählen. Als er beschlossen hatte, es ihr zu schreiben, wenn sie schon nicht zu einem Gespräch bereits war, stellte er fest, dass sie ihn blockiert hatte.

So fand er sich alleine wieder, mit seiner Gitarre als einziger Gesellschaft, während er versuchte, seine Gefühle in Musik zu übersetzen. Seine Hände zitterten manchmal, wenn er die Saiten berührte, und sein Blick verriet die Sehnsucht nach der Zeit, als sie Seite an Seite musizierten.

Der Verlust der gemeinsamen Proben für den Wettbewerb traf beide hart.

Maria vermisste die Harmonie, die sie mit Alex geschaffen hatte, das Gefühl, dass ihre Musik etwas Größeres wurde, wenn sie zusammen spielten. In ihrem Zimmer, umgeben von stillen Notenblättern, fühlte sich ihre Musik plötzlich leer an.

Für Alex war die Musik ohne Maria wie ein Echo einer vergangenen Zeit. Seine Texte wurden nachdenklicher, voller Sehnsucht nach dem, was hätte sein können.

Er spielte die Melodien, die sie gemeinsam geschrieben hatten, immer wieder, als könne er dadurch die Kluft zwischen ihnen überbrücken.

Als der Musikwettbewerb näher rückte, wuchs in Maria die Unsicherheit. Sie war hin- und hergerissen zwischen dem Wunsch, ihren Eltern zu beweisen, dass sie sich auf ihre musikalische Zukunft konzentrieren konnte, und dem tiefen Verlangen, Alex wiederzusehen.

Ihre Proben allein waren nicht mehr dasselbe, und sie fühlte sich zunehmend verloren.

Alex hingegen kämpfte mit dem Gedanken, den Wettbewerb ganz aufzugeben. Ohne Maria an seiner Seite fehlten ihm die Inspiration und der Antrieb. Seine Musik, einst eine Quelle der Freude, war nun von Melancholie geprägt.

In der Nacht vor dem Wettbewerb konnte Maria nicht schlafen. Sie dachte darüber nach, wie Marlen ihr immer wieder sagte, dass sie ihr eigenes Leben leben sollte und nicht immer nur das tun sollte, was ihre Eltern von ihr verlangen.

Marlen hatte Recht.

Maria wollte stark sein.

Sie wollte für sich selbst einstehen.

Am Morgen vor dem Wettbewerb ging Maria zu ihren Eltern. Vor Aufregung zitterte sie am ganzen Körper.

«Mama, Papa, ich muss mit euch reden.»

Ihr Vater zog neugierig eine Augenbraue nach oben.

«Was ist los, Maria? Bist du aufgeregt wegen heute Abend?»

«Ja, das auch. Aber es geht um etwas anderes.» Maria räusperte sich, da ihr die Stimme entglitt. «Eins vorab. Ich liebe euch beide. Doch ich … ich bin eben auch verliebt in Alex. Ich habe auf euch gehört und bin ihm aus dem Weg gegangen. Seitdem kann ich nicht mehr schlafen, mich nicht konzentrieren und fühle ständig diesen Schmerz in meinem Herzen.»

Marias Mutter wollte ihr ins Wort fallen: «Aber Kind, wir wollen nur …»

«Mein Bestes. Ich weiß. Dann müsst ihr aber auch akzeptieren, dass ich meine eigenen Entscheidungen treffen kann.

Mir liegt viel an der Musik. Ich würde sie nie aufgeben. Aber es gibt auch ein Leben außerhalb des Lernens. Ein Leben, das ich mit Alex und mit Musik verbringen kann. Ich hoffe, ihr könnt das akzeptieren.»

Ihr Vater stand auf und breitete seine Arme aus. «Maria, wir lieben dich auch. Deine Mutter und ich werden wohl damit klar kommen müssen, dass du erwachsen wirst.»

Er lächelte.

Maria strahlte.

Sie ließ sich in die Arme ihres Vaters fallen und erwiderte seine Umarmung.

Erleichtert machte sie sich auf den Weg zu Alex, um mit ihm zu reden.

Doch Alex war leider nicht zuhause. Sein Vater konnte Maria nicht sagen, wo er ist. Traurig suchte sie Marlen auf. «Maria, was machst du denn hier? Solltest du dich nicht für deinen Auftritt vorbereiten?», fragte diese.

«Ach Marlen», sagte Maria seufzend. «Ich habe mich endlich getraut und meinen Eltern die Meinung gesagt. Ich stehe zu Alex und mir. Ich stehe für das ein, was ich will. Doch Alex ist nicht auffindbar. Sein Handy hat er scheinbar ausgeschaltet. Ich weiß nicht, ob ich den Auftritt heute Abend schaffe, ohne vorher mit ihm geredet zu haben.»

Ihre Freundin tröstete sie.

«Ich bin mir sicher, Alex wird zum Wettbewerb erscheinen. Spätestens da kannst du ihm sagen, was los ist. Alles wird gut, ich verspreche es dir.»

Maria wischte sich die Tränen aus den Augen und nickte.

«Du hast Recht. Ich habe es geschafft, meinen Eltern zu widersprechen und für mich einzustehen. Alex wird mich verstehen. Ich hoffe es zumindest.»

Sie machte sich auf den Weg nach Hause, um doch noch ein bisschen zu üben.

Alex hatte sich in den Park zurückgezogen. Er saß auf der Bank, auf der er so oft mit Maria gesessen hatte, und dachte darüber nach, wie es weitergehen sollte.

Es begann bereits zu dämmern, als er jemanden sah, der auf ihn zu rannte.

Es war Marlen.

In der Halle blickte Maria sich ständig nach Alex um, doch sie konnte ihn nirgends entdecken. Dann wurde sie zu ihrem Auftritt aufgerufen.

Sichtlich nervös betrat Maria die Bühne. Für einen Moment schaffte sie es, sich zu konzentrieren. Sie setzte sich ans Klavier und begann zu spielen.

Anfangs waren ihre Finger sicher und ihre Melodie klar, aber nach einigen Takten begannen ihre Hände zu zittern. Sie versuchte, dranzubleiben, aber die Noten auf dem Blatt verschwammen vor ihren Augen. Panik stieg in ihr auf, und plötzlich verlor sie den Faden ihrer Melodie. Ein Blackout.

In diesem Moment der Stille, als die Enttäuschung in der Luft zu schweben schien, betrat Alex überraschend die Bühne. Mit seiner Gitarre in der Hand und einem beruhigenden Lächeln begann er, die ersten Töne ihres gemeinsamen Stücks zu spielen.

Die Melodie war weich, aber eindringlich, eine sanfte Einladung an Maria, sich der Musik hinzugeben.

Ermutigt durch Alex' unerwarteten Einsatz fand Maria ihren Mut wieder. Ihre Hände bewegten sich nun frei, als sie in das Stück einstieg, ihre Finger tanzten über die Tasten und fanden den Weg zurück zur vertrauten Melodie.

Das Klavier antwortete auf die Gitarre mit einer tiefen, gefühlvollen Harmonie, die an Intensität zunahm, als sie in das Stück eintauchten.

Die Melodie entwickelte sich zu einem Dialog zwischen Klavier und Gitarre. Marias Spiel war von einer berührenden Emotionalität, die in perfektem Kontrast zu Alex' lebhaften und kraftvollen Gitarrenklängen stand. Gemeinsam woben sie eine musikalische Erzählung, die von zarten Momenten der Introspektion bis hin zu kraftvollen, leidenschaftlichen Höhepunkten reichte.

Das Publikum war gefangen in der Dynamik ihrer Aufführung. Jeder Ton, jede Pause, jedes Crescendo zog die Zuhörer tiefer in die Welt, die Maria und Alex erschaffen hatten. Als das Stück seinen emotionalen Höhepunkt erreichte, waren die Zuhörer vollkommen von der Performance gefesselt, gefangen in der Magie des Moments.

Mit dem letzten, sanften Akkord endete das Stück, und für einen Moment herrschte absolute Stille. Dann brach der Saal in begeisterten Applaus aus, ein Meer aus Klatschen und Jubelrufen, die Anerkennung für die tiefe Verbindung und das außergewöhnliche Talent, das Maria und Alex geteilt hatten.

Auf der Bühne sahen sich Maria und Alex an, ein Lächeln der Erleichterung und des Triumphs auf ihren Gesichtern.

Marlen, die Alex noch rechtzeitig gefunden hatte, saß mit Tränen der Freude in den Augen im Publikum.

Als das Stück endete, herrschte einen Moment lang Stille, bevor der Applaus einsetzte, erst zaghaft, dann immer lauter werdend.

Nachdem der letzte Ton verklungen war und der Applaus langsam abebbte, verließen Maria und Alex die Bühne.

Die Energie und die Magie ihres gemeinsamen Spiels hingen noch in der Luft, ein Zeugnis ihrer tiefen musikalischen und emotionalen Verbindung.

Ihre Blicke trafen sich, und in ihren Augen spiegelte sich das Glück über die gelungene Aufführung und die Bestätigung ihrer starken Bindung.

Sie bekamen es kaum noch mit, als der Veranstalter ihren Sieg verkündete.

Marias Eltern, die unter den Zuschauern saßen, waren tief bewegt von dem, was sie gesehen und gehört hatten. Ihr anfängliches Zögern gegenüber Alex verwandelte sich in ein neues Verständnis. Sie erkannten, dass er nicht nur ein Freund, sondern eine wahre Inspiration für Maria war. Seine Anwesenheit auf der Bühne hatte sie nicht abgelenkt, sondern ihr geholfen, ihr volles Potenzial zu entfalten.

Nach der Veranstaltung trafen Maria und ihre Eltern Alex hinter der Bühne. Ihr Vater, der sonst so wortkarg war, streckte Alex die Hand entgegen.

«Ich muss zugeben, dass ich mich geirrt habe», sagte er ehrlich. «Du hast unserer Maria geholfen, auf eine Weise, die wir nicht für möglich gehalten hätten. Es war nicht nur das von euch gespielte Stück, das einfach fantastisch war. Durch dich hat mein Mädchen an Selbstvertrauen dazugewonnen. So mutig wie heute früh habe ich sie noch nie erlebt.»

Sein Lächeln drückte Anerkennung und Dankbarkeit aus, während er Alex fest die Hand schüttelte.

Nach dem Konzert verließen Maria und Alex das Veranstaltungsgelände und machten sich auf den Weg zu ihrer Bank im nahegelegenen Park. Der Abendhimmel war mit Sternen übersät, und die sanfte Brise trug den Duft von Blumen und frischem Gras mit sich.

«Danke, dass du für mich da warst», flüsterte Marie und wagte es kaum, Alex in die Augen zu schauen.

Dieser lächelte und sagte: «Ich habe zufällig Marlen getroffen. Sie hat mir alles erklärt. Sie hat mir auch gesagt, dass du heute früh deinen Eltern die Meinung gegeigt hast.»

Ihre Blicke trafen sich, und ein leises, fast unmerkliches Lächeln huschte über ihre Lippen. Es war ein Lächeln voller Sehnsucht und Verlangen, das die Luft zwischen ihnen elektrisch auflud.

Ohne ein Wort zu sagen, beugte sich Alex langsam vor und näherte seine Lippen vorsichtig denen von Maria.

Der Kuss war zart und voller Leidenschaft, ein Ausdruck ihrer tiefen
Gefühle füreinander. In diesem
Moment schien die Welt um sie herum
zu verschwinden, und es gab nur noch
sie beide und die intensiven Emotionen,
die sie teilten.

Als sie sich schließlich voneinander
lösten, lächelten sie sich verliebt an.

Epilog

Einige Jahre waren vergangen, seit Maria und Alex gemeinsam den Musikwettbewerb gewonnen hatten.

Ihre Reise hatte sie von den vertrauten Straßen ihrer kleinen Stadt zu den weitläufigen Hallen einer renommierten Musikuniversität geführt.

Hier, umgeben von anderen talentierten Musikern, hatten sie nicht nur ihre musikalischen Fähigkeiten, sondern auch ihre Beziehung zueinander vertieft.

In der Universität waren sie als Paar und als musikalisches Duo bekannt.

Ihre Leidenschaft für die Musik und füreinander hatte sich in den Jahren ihres Studiums weiter entfaltet. Sie verbrachten ihre Tage in Proberäumen, komponierten gemeinsam und traten bei Universitätsveranstaltungen und lokalen Konzerten auf.

Ihre Musik, eine faszinierende Mischung aus klassischen und modernen Einflüssen, spiegelte ihre gemeinsame Reise und ihre sich ergänzenden Persönlichkeiten wider.

Maria hatte sich zu einer herausragenden Pianistin entwickelt, deren Gefühl für Melodie und Harmonie ihresgleichen suchte. Alex, dessen Talent an der Gitarre und als Komponist in der Universitätsumgebung aufgeblüht war, fand in Maria nicht nur eine musikalische Partnerin, sondern auch eine Quelle der Inspiration und des tiefen Verständnisses.

In ihren zahlreichen Nachrichten und Videobotschaften an Marlen erzählte Maria von ihren Erfolgen. Marlen, die in Hemmelsheim geblieben war, um das Geschäft ihrer Eltern zu übernehmen, war auch aus der Ferne nach wie vor Marlens und nun auch Alex' größte Unterstützung.

Sie hatte wie geplant den Laden modernisiert und umgebaut.

Sie besuchte nahezu alle Konzerte der beiden und postete Videos ihrer Musikstücke in den sozialen Medien.

Sie war sehr stolz auf ihre beiden besten Freunde.

Nur die Sterne wissen alles

Kapitel 1

Das sanfte Glühen des späten Nachmittagslichts fiel durch das Fenster von Lenas Zimmer und erweckte die an den Wänden hängenden Sternkarten und Astronomieposter zum Leben.

In einer Ecke des Raumes, direkt unter einem großformatigen Poster des Orionnebels, stand ein gebrauchtes, aber liebevoll gepflegtes Teleskop – ein Geschenk ihres Vaters zu ihrem zehnten Geburtstag.

Ihr Zimmer war ein Ort, an dem die Grenzen zwischen Raum und Zeit zu verschwimmen schienen, ein privates Observatorium, in dem Lena den Sternen näher kam.

Sie saß an ihrem Schreibtisch, umgeben von aufgeschlagenen Büchern über Sternbilder und alten Astronomiezeitschriften. Eine Tasse dampfenden Tee stand neben ihr, während ihre Augen über die Seiten voller Mythen und Legenden wanderten, die sich um die funkelnden Himmelskörper rankten.

Diese Bücher waren mehr als nur eine Sammlung von Wissen; sie waren Fenster in andere Welten, Brücken zu einem Universum, das so viel größer war als ihr kleines Zimmer in der verschlafenen Küstenstadt.

Auf ihrem Schreibtisch, neben einem Berg von Notizblättern und Skizzen, stand ein Foto von ihrem Vater. Es zeigte ihn, wie er ein Teleskop auf einen fernen Punkt am Himmel richtete, umgeben von der Dunkelheit einer klaren Nacht.

Dieses Bild war eine ständige Erinnerung an die Nächte, die sie zusammen verbracht hatten, den Kopf in den Nacken gelegt, die Augen auf die unendliche Weite des Universums gerichtet.

Er hatte ihr beigebracht, die Namen der Sterne zu murmeln, als würden sie alte

Freunde begrüßen.

Der Verlust ihres Vaters vor zwei Jahren hatte eine Lücke hinterlassen, die sich an manchen Tagen wie ein Abgrund anfühlte. Sie hat sich damals von allen zurückgezogen. Selbst ihre besten Freunde hat sie von sich gestoßen.

Die Astronomie war ihre Art, die Verbindung zu ihm aufrechtzuerhalten, ein stilles Gespräch zwischen den Sternen, das sie weiterführte.

In der Schule fühlte sich Lena oft wie ein Fremdkörper – ein leises, nachdenkliches Mädchen, das lieber in den Himmelskarten ihrer Bücher versank, als sich den flüchtigen Freuden der Teenagerjahre hinzugeben.

Ihre Klassenkameraden, die sich in den Pausen über die neuesten Modetrends und sozialen Medien austauschten, schienen eine Sprache zu sprechen, die ihr fremd war.

Trotz der gelegentlichen Sticheleien

und des Gefühls der Isolation hatte Lena gelernt, in ihrer eigenen Welt Zuflucht zu finden.

Ein Blick auf den Kalender an der Wand erinnerte sie daran, dass in zwei Tagen der jährliche Meteoritenschauer stattfinden würde.

Dieses Ereignis hatte sie seit ihrer Kindheit jedes Jahr mit ihrem Vater beobachtet.

Lena wurde von einer Welle der Nostalgie erfasst. Sie schloss die Augen und ließ sich in eine Erinnerung sinken, die so klar und lebendig war, als wäre sie erst gestern geschehen.

Es war eine laue Sommernacht vor vielen Jahren, der Garten hinter ihrem Haus war in sanftes Mondlicht getaucht. Ihr Vater hatte das alte Teleskop aufgestellt, und sie saß auf einer Decke im Gras, ihren Kopf neugierig nach oben gerichtet.

«Ich zeige dir heute etwas Besonderes, Lena», hatte ihr Vater gesagt, seine

Augen funkelnd wie die Sterne über ihnen. «Jedes Sternbild hat seine eigene Geschichte.»

Er begann mit dem Großen Bären, zeigte ihr, wie man ihn am Himmel findet. «Siehst du diesen hellen Stern? Das ist der Polarstern. Er hilft den Menschen seit Jahrhunderten, ihren Weg zu finden.»

Lena lauschte fasziniert, als ihr Vater von den Mythen und Legenden erzählte, die jedes Sternbild umgaben. Sie lernte über Orion, den Jäger, über die Plejaden und die romantische Geschichte hinter der Leier.

Während sie so da saßen und in die Sterne blickten, fühlte Lena sich ihrem Vater näher als je zuvor. Es war, als ob sie durch die Sterne eine Verbindung zu etwas Ewigem, Unendlichem knüpften – eine Verbindung, die über ihre eigene kleine Welt hinausging.

«Dad, was ist dein Lieblingssternbild?», fragte sie, als sie eine Sternschnuppe über den Himmel ziehen sahen.

Er hatte nachgedacht und dann gelächelt. «Ich denke, es ist der Schwan. Er erinnert mich daran, wie wichtig es ist, seine Träume zu verfolgen, egal wie weit sie zu fliegen scheinen.»

Diese Nacht, die Geschichten und das Gefühl der Nähe zu ihrem Vater waren für Lena ein kostbarer Schatz. Sie öffnete die Augen, zurück in ihrem Zimmer, und spürte eine Träne, die sich ihren Weg über ihre Wange bahnte. «Dieses Jahr bin ich alleine», flüsterte sie, während sie aus dem Fenster blickte. «Ich hoffe, es geht dir gut da oben bei den Sternen. Ich vermisse dich, Papa.»

In der Schule war es noch lauter als
sonst, während Lena durch die Flure
ging. Die Nachricht von der Ankunft
eines neuen Schülers, Max, hatte sich
verbreitet und war das Gesprächsthema
des Tages. Lena, die sich normalerweise
von Klatsch und Tratsch fernhielt,
spürte eine ungewohnte Neugier.
Als sie das Klassenzimmer betrat, fiel
ihr Blick sofort auf Max. Er stand am
Fenster, sein Blick nach draußen gerichtet, als wäre er in Gedanken weit entfernt. Mit seinem dunklen Haar und
einer lässigen Kleidung hob er sich von
den anderen Schülern ab. Lena fühlte
eine unerklärliche Anziehung.
Der Lehrer rief die Klasse zur Ruhe. Es
war Astronomie, Lenas Lieblingsfach.
Der Lehrer kündigte an, dass die Klasse
in Zweiergruppen an Projekten zum
Meteoritenschauer arbeiten sollte. Zu
Lenas Überraschung wählte Max sie als
Partnerin.
«Ich habe gehört, du weißt einiges über

Sterne», sagte Max leise, als sie sich zusammensetzten.

Lena nickte, noch immer überrascht von der unerwarteten Aufmerksamkeit.

«Ja, ich beobachte sie schon lange.»

Maxs Lächeln war sanft.

«Ich auch. Sie haben etwas Beruhigendes.»

Er zog ein Skizzenbuch hervor, das mit Zeichnungen von Landschaften und Himmelskörpern gefüllt war. «Ich zeichne gern, besonders den Nachthimmel.»

Während sie über das Projekt sprachen, fand Lena sich immer mehr in das Gespräch vertieft. Maxs ruhige Art und kreative Ideen öffneten eine neue Welt für sie. Sie beschlossen, ihre astronomischen Kenntnisse und seine künstlerischen Fähigkeiten zu kombinieren.

Als die Stunde endete, vereinbarten sie, ihre Ideen weiterzuentwickeln. Lena spürte eine Veränderung in sich – die Begegnung mit Max hatte etwas in ihr geweckt, eine Sehnsucht nach etwas Neuem.

Abends saß Lena an ihrem Fenster und blickte zu den Sternen.

«Es gibt da diesen Jungen… er ist anders als die anderen. Er scheint mich zu verstehen. Was meint ihr dazu?»

Die Schulbibliothek, ein stiller Ort des Studiums, war an diesem Nachmittag von einer besonderen Atmosphäre erfüllt. Sanfte Musik spielte leise aus den Lautsprechern, und das gedämpfte Licht, das durch die hohen Fenster fiel, tauchte den Raum in ein sanftes Gold.

Lena und Max saßen an einem abgelegenen Tisch, umgeben von Astronomiebüchern und Zeichenmaterialien.

Max hatte mehrere Skizzen ausgebreitet, die verschiedene Sternbilder in abstrakten Formen und lebendigen Farben zeigten. Lena war fasziniert von der Art, wie seine Zeichnungen die Sterne zum Leben erweckten.

«Ich habe noch nie jemanden getroffen, der die Sterne so zeichnet», sagte sie, während sie eine Skizze des Orionnebels betrachtete.

«Ich versuche, das Gefühl einzufangen, das ich empfinde, wenn ich in den Himmel schaue», antwortete Max. «Es ist mehr als nur Licht – es ist eine

Geschichte, eine Emotion.»

Während sie über die Sternbilder für ihr Projekt sprachen, erzählte Max über seine Vergangenheit. Er sprach von den vielen Orten, an denen er gelebt hatte, und wie jeder Umzug es ihm schwer machte, dauerhafte Beziehungen zu knüpfen.

Lena spürte eine tiefe Verbindung zu ihm, eine Seelenverwandtschaft, die sie bisher nur mit den Charakteren in ihren Büchern gefunden hatte.

«Es ist schwierig, immer wieder von vorn anzufangen», gestand Max. «Manchmal fühle ich mich wie ein Satellit, der auf der Suche nach einem Ort zum Andocken ist.»

«Ich kenne das Gefühl, anders zu sein», sagte Lena. «Hier in dieser Stadt fühle ich mich oft wie eine Außenseiterin.»

«Vielleicht sind wir alle ein wenig verloren, bis wir jemanden finden, der unseren Himmel teilt», erwiderte Max.

Als sie die Bibliothek verließen, spürten

sie beide, dass sich etwas zwischen ihnen verändert hatte. Eine Verbindung war entstanden, eine stille Kommunikation, die in den Sternen widerhallte.

Kapitel 2

Die Nacht des Meteoritenschauers war klar und kalt, verwandelte den Himmel über der Küstenstadt in ein prachtvolles Sternentheater. Lena hatte ihren Lieblingsplatz am Rand der Stadt ausgewählt, einen kleinen Hügel mit weitem Blick über das Meer.

Hier hatte sie mit ihrem Vater unzählige Stunden verbracht, eingehüllt in die Wärme seiner Geschichten und der Wunder des Kosmos.

Sie hatte sich mit Max verabredet, weil sie sich gemeinsam die Sternschnuppen ansehen wollten. Sie zu zeichnen war eine gute Idee für ihr Projekt.

Max kam pünktlich, eine Thermoskanne mit heißem Kakao in der Hand.

«Für die Wärme», sagte er mit einem Lächeln. Sie breiteten Decken aus und richteten ihre Teleskope auf den Nachthimmel.

Während sie auf die ersten Sterne warteten, sprachen sie über Musik, Träume und die kleinen Details des Lebens. Max erzählte von seinen früheren Erfahrungen mit Meteoritenschauern und Lena lauschte fasziniert.

Als die ersten Sternschnuppen über den Himmel flogen, verstummte ihre Unterhaltung.

Sie lagen nebeneinander, blickten nach oben und beobachteten das Schauspiel. Lena fühlte sich überwältigt von der Schönheit des Moments, eine tiefe Verbindung zum Universum spürend.

«Es ist, als ob jeder Stern eine Geschichte erzählt», flüsterte Max.

Lena drehte sich zu ihm um und sah in seine Augen, die im Sternenlicht funkelten. «Mein Vater sagte immer, Sterne sind wie Erinnerungen, ewig und unvergänglich.»

In diesem Moment fand eine stille Annäherung statt. Max' Hand suchte die ihre, und sie hielten einander fest, verbunden durch die Magie des Kosmos.

Nachdem der Meteoritenschauer nachließ, blieben sie noch lange sitzen, teilten Momente der Stille und sprachen leise. Es war eine Nacht der alten Erinnerungen und neuer Anfänge, gefüllt mit dem Flüstern der Sterne.

Nach dem gemeinsamen Abend während des Meteoritenschauers fühlte sich die Welt für Lena verändert an.

Die Schule, die Straßen ihrer Stadt, selbst ihr eigenes Zimmer schienen in einem neuen Licht zu erstrahlen. Die Nacht unter den Sternen hatte nicht nur den Himmel, sondern auch ihr Inneres erhellt.

Max und sie verbrachten nun mehr Zeit zusammen. Ihre Treffen beschränkten sich nicht mehr nur auf das Astronomieprojekt. Sie zeichneten gemeinsam, beobachteten die Sterne und tauschten ihre Gedanken und Träume aus.

Die Schule war plötzlich ein Ort des Getuschels und der verstohlenen Blicke, die Lena und Max auf Schritt und Tritt folgten. Gerüchte über sie und Max hatten sich verbreitet, verstärkt durch Missverständnisse und die typische Neigung zu Übertreibungen der Highschool.

Die anderen Schüler lachten und tuschelten immer dann, wenn sie Lena und «den Neuen» sahen.

Sie sprachen darüber, wie schnell die scheue Lena sich Fremden an den Hals wirft und dass sie diese total unterschätzt hätten. Sie machten sich lustig über ihre aufkeimende Freundschaft.

Lena fühlte sich unwohl unter dieser Aufmerksamkeit. Sie, die sich sonst im Hintergrund hielt, war nun Gegenstand von Spekulationen.

Max schien diese Situation ebenso zu belasten. Die Gerüchte und familiärer Stress machten ihm zu schaffen.

In einer ruhigen Ecke des Schulhofs,

fernab neugieriger Blicke, trafen sich Lena und Max in der Mittagspause.

«Es ist verrückt», begann Lena, «wie schnell Gerüchte entstehen und sich verselbstständigen.»

Max nickte, seine Augen auf den Boden gerichtet.

«Es tut mir leid, Lena. Ich wollte nicht, dass du wegen mir in so eine Situation gerätst.»

Lena spürte, wie ihr Herz sank.

«Vielleicht sollten wir etwas Abstand halten, zumindest in der Schule», schlug sie vor, obwohl ihr die Idee schmerzte.

Max sah sie an, der Schmerz in seinen Augen deutlich.

«Wenn du denkst, dass dies das Beste ist.»

Sie verbrachten den Rest der Pause in einem unbehaglichen Schweigen, jeder in seinen Gedanken verloren.

Lena war gerade dabei, ihre Bücher in ihr Schließfach zu räumen, als sie Daniels Stimme hinter sich hörte.

«Hey, Lena, wartest du auf jemanden?» Überrascht drehte sie sich um und sah Daniel, einen ihrer Klassenkameraden.

Er gehörte zu den ruhigeren Schülern, ähnlich wie sie, und hatte freundliche Augen und ein sanftes Lächeln.

«Nein, ich warte auf niemanden», antwortete sie, noch immer überrascht von seiner Ansprache.

«Ich habe von den Gerüchten gehört», sagte Daniel. «Du solltest nicht alles zu Herzen nehmen, was sie sagen.»

Lena seufzte.

«Es ist schwer, es zu ignorieren.»

Daniel nickte.

«Ich kenne das. Aber manchmal ist es das Beste, sich davon abzuschirmen. Wenn du jemanden zum Reden brauchst, ich bin hier.»

In den folgenden Tagen entwickelte sich zwischen Lena und Daniel eine unerwartete Freundschaft.

Sie verbrachten Zeit miteinander, sprachen über Bücher, Filme und gelegentlich über Astronomie. Daniels Humor und unkomplizierte Art halfen Lena, sich von der Anspannung der letzten Wochen zu lösen.

Die anderen Schüler mochten Daniel. Deshalb hörte das Getuschel auch schnell auf.

Max beobachtete diese wachsende Freundschaft mit gemischten Gefühlen. Einerseits war er erleichtert, dass Lena Unterstützung hatte, andererseits fühlte er sich unsicher über ihre Beziehung.

Lena, die Max' Blick bemerkte, fühlte sich zerrissen. Sie schätzte Daniels Freundschaft, wollte aber Max nicht verletzen.

Schließlich schrieb sie Max eine Nachricht, dass sie sich gern mit ihm treffen würde.

Kapitel 3

In dem kleinen, gemütlichen Café, abseits des Schultrubels, saßen Lena und Max bei einer Tasse Tee. Die sanfte Musik im Hintergrund und das leise Summen umliegender Gespräche bildeten einen ruhigen Kontrast zu den Turbulenzen ihrer Gedanken.

Max spielte nervös mit dem Teelöffel, bevor er sich entschied, Lena mehr über seine Familie zu erzählen.

«Meine Mutter hat uns verlassen, als ich noch ziemlich jung war», begann er leise. «Danach verfiel mein Vater dem Alkohol. Es war, als hätte ihr Weggang alles in ihm zerbrochen. Er trinkt ständig und regelmäßig. Jedes Mal, wenn er einen großen Absturz hat, beschließt er, woanders einen Neuanfang zu wagen und wegzuziehen. Dort dauert es dann wenige Wochen, bis alles wieder von vorne losgeht. Da er von seinen Eltern viel Geld geerbt hat, können wir uns das zumindest finanziell leisten. Doch Geld löst eben nicht alle Probleme.»

Lena hörte zu, ihr Herz erfüllt von einer Mischung aus Mitleid und tiefem Verständnis.

«Das muss hart für dich gewesen sein, als deine Mutter ging», sagte sie sanft, ihre Augen voll Mitgefühl.

Max blickte durch das Fenster, seine Augen reflektierten eine Welt des Schmerzes.

«Es war eine schwierige Zeit. Ich habe mich oft gefragt, ob ich etwas hätte tun können, um sie zum Bleiben zu bewegen. Aber mit der Zeit habe ich gelernt, dass manche Dinge außerhalb unserer Kontrolle liegen.»

Lenas Gedanken drifteten zu dem Tag, an dem sie ihren Vater verloren hatte.

«Ich verstehe das irgendwie», gab sie zu. «Als mein Vater starb, habe ich mich von der Welt abgewandt. Ich dachte, es wäre einfacher, alleine zu sein, als den Schmerz zu teilen.»

Max legte vorsichtig seine Hand über ihre.

«Aber jetzt sind wir hier. Vielleicht mussten wir durch all das gehen, um zu diesem Punkt zu kommen.»

In diesem Moment, in diesem kleinen Café, fanden zwei Seelen, die von Verlust und Einsamkeit geprägt waren, Trost und Verständnis ineinander.

Sie teilten ihre Geschichten, ihre Ängste und Hoffnungen und entdeckten in der Offenheit des anderen einen Spiegel ihrer eigenen Sehnsüchte und Träume.

Als sie später das Café verließen, fühlte sich die Welt draußen ein wenig weniger einsam an.

In ihrer gemeinsamen Erfahrung hatten sie eine tiefe Verbundenheit gefunden, die über die bloße Freundschaft hinausging.

Im Haus war es still, als Lena ihre Mutter in der Küche traf, die gerade eine Tasse Tee zubereitete. Dr. Martina Berger, eine respektierte Ärztin, hatte selten freie Abende, aber heute war einer davon.

Sie sah müde aus, lächelte aber, als sie Lena bemerkte.

«Lena, setz dich. Wir haben schon lange nicht mehr richtig geredet», sagte sie, während sie zwei Tassen auf den Tisch stellte.

Lena nahm zögernd Platz, unsicher, worauf dieses Gespräch hinauslaufen würde. Ihre Mutter hatte immer versucht, Verständnis für Lenas introvertierte Art aufzubringen, auch wenn sie diese nicht immer ganz nachvollziehen konnte.

«Du bist in letzter Zeit so oft allein, Lena. Ich mache mir Sorgen um dich», begann ihre Mutter sanft. «Nach… nachdem dein Vater gegangen war, hast du dich so sehr zurückgezogen. Hast du... hast du Freunde in der Schule?»

Lena blickte auf ihre Hände, die sich um die warme Tasse schlossen. «Ich... es ist kompliziert, Mama. Ich hatte Freunde, aber nach Papas Tod habe ich mich von allen isoliert. Es schien einfacher so.»

Dr. Berger nickte verständnisvoll.

«Ich weiß, dass es hart für dich war, Liebes. Aber du darfst dich nicht von der Welt abschotten. Es ist wichtig, Beziehungen zu pflegen, zu teilen.»

«Ich versuche es», flüsterte Lena. «In letzter Zeit... gibt es da jemanden in der Schule. Wir arbeiten an einem Projekt zusammen. Es... es hilft ein wenig.»

Ihre Mutter lächelte aufmunternd.

«Das freut mich zu hören. Und dieser jemand, ist das ein Junge oder ein Mädchen?»

Lena spürte, wie ihre Wangen leicht erröteten.

«Ein Junge. Nein, es sind sogar zwei Jungs, mit denen ich mich ganz gut verstehe. Aber es ist nicht so, wie du denkst. Wir sind nur Freunde.»

«Freunde sind ein guter Anfang», sagte ihre Mutter und trank einen Schluck Tee. «Erinnere dich nur daran, Lena, dass es in Ordnung ist, sich anderen zu öffnen. Es ist in Ordnung, zu trauern, aber es ist auch in Ordnung, weiterzumachen.»

Das Gespräch driftete dann zu alltäglicheren Themen ab, aber Lenas Gedanken kreisten weiter um die Worte ihrer Mutter. Vielleicht hatte sie recht.

Vielleicht war es an der Zeit, die Mauern, die sie um sich herum aufgebaut hatte, ein wenig zu lockern.

Als Lena später in ihrem Zimmer saß, blickte sie aus dem Fenster in den Sternenhimmel und dachte über die Veränderungen nach, die sich langsam in ihrem Leben vollzogen.

«Gebt mir die Kraft, und den Mut, die ich brauche, um wieder jemanden an

mich heranzulassen», sagte sie zu den
Sternen.

Kapitel 4

Max hatte sich in der Bibliothek einen ruhigen Platz gesucht, um sich auf sein Astronomieprojekt zu konzentrieren, als er Daniels Stimme hörte.

Er blickte auf und sah, wie Daniel einige Bücher in den Regalen durchstöberte. Ihr Blick traf sich, und für einen Moment hing eine spürbare Spannung in der Luft.

«Hey», sagte Daniel schließlich und trat näher. «Du bist Max, richtig? Lena hat mir von dir erzählt.»

Max nickte, seine Haltung angespannt.

«Ja, das bin ich. Und du bist Daniel.»

Ein Moment des Schweigens entstand, bevor Daniel sich gegenüber von Max auf einen Stuhl setzte.

«Lena ist eine tolle Person», begann er, als ob er eine Art Waffenstillstand anbieten wollte.

«Ja, das ist sie», stimmte Max zu, seine

Stimme vorsichtig. «Wir arbeiten zusammen an einem Projekt für die Astronomieklasse.»

«Sie hat mir davon erzählt», sagte Daniel. «Sie ist wirklich sehr daran interessiert. Astronomie ist ihr Ding, oder?»

Max entspannte sich ein wenig.

«Ja, und sie ist wirklich gut darin. Es ist erstaunlich, wie viel sie darüber weiß.»

Das Gespräch entwickelte sich langsam, von anfänglicher Zurückhaltung zu vorsichtigen Fragen über ihre gemeinsamen Interessen.

Sie sprachen über die Schule, ihre Zukunftspläne und sogar über ihre Hobbys.

Während sie redeten, begannen sie, einander in einem anderen Licht zu sehen. Von Lena hatten sie jeweils nur von ihrem Gegenüber als den «anderen Jungen» gehört, aber jetzt, da sie direkt miteinander sprachen, entdeckten sie, dass sie mehr gemeinsam hatten, als sie gedacht hatten.

«Du bist eigentlich ganz in Ordnung», gab Daniel schließlich zu, ein kleines Lächeln auf seinen Lippen.

Max lächelte zurück.

«Du auch. Ich… Ich dachte, das hier würde anders laufen.»

«Manchmal sind Dinge nicht so, wie sie scheinen», sagte Daniel nachdenklich. «Ich denke, das Wichtigste ist, dass Lena glücklich ist, oder?»

«Ja», stimmte Max zu. «Das ist es.»

Als sie die Bibliothek verließen, war die Atmosphäre zwischen ihnen nicht mehr von Spannung, sondern von einem neu entdeckten Respekt geprägt.

Sie hatten beide ihre eigenen Gefühle für Lena, aber jetzt verstanden sie, dass nicht immer Konkurrenz zwischen Rivalen bestehen musste. Manchmal konnten unerwartete Wege zu Verständnis und Respekt führen.

Lena wartete an der Bushaltestelle, ständig auf ihr Handy blickend.

Sie hatte eine kurze, beunruhigende Nachricht von Max erhalten: «Im Krankenhaus mit Dad. Es geht ihm nicht gut. Kann unser Treffen nicht wahrnehmen.»

Besorgt und mit einem flauen Gefühl im Magen rief sie Daniel an.

«Daniel, es geht um Max' Vater. Er ist im Krankenhaus. Max ist bei ihm. Kannst du mich hinfahren? Ich bin mir sicher, er kann Unterstützung gebrauchen.»

Im Krankenhaus fanden sie Max in einem der Wartebereiche, sein Gesichtsausdruck angespannt und müde. Als er Lena und Daniel sah, stand er auf und kam ihnen entgegen.

«Danke, dass ihr gekommen seid», sagte er leise.

«Was genau ist passiert, Max?», fragte Lena besorgt.

Max atmete tief durch.

«Mein Vater... er hatte einen totalen Zusammenbruch. Ich fand ihn zu Hause. Es war wirklich schlimm diesmal. Also noch schlimmer als sonst. Ich dachte, er stirbt.»

In diesem Moment trat Dr. Martina Berger, Lenas Mutter, hinzu.

«Max, ich bin Dr. Berger, Lenas Mutter. Dein Vater ist jetzt stabil, aber wir müssen ihn noch weiter beobachten. Er hatte viel Glück.»

Max nickte, seine Augen füllten sich mit Tränen der Erleichterung und Dankbarkeit. «Danke, Dr. Berger. Ich weiß nicht, was ich getan hätte, wenn...»

«Du hast schnell gehandelt, Max. Das ist das Wichtigste», erwiderte Dr. Berger beruhigend.

Als Lena das Zusammenspiel zwischen ihrer Mutter und Max beobachtete, spürte sie eine Wärme und Verständnis in der Art, wie ihre Mutter mit Max sprach. Genau für diese Art liebte sie ihre Mutter sehr.

«Können wir ihn sehen?», fragte Lena.

«Für einen kurzen Moment, aber er braucht Ruhe», antwortete ihre Mutter.

Leise betraten sie das Krankenzimmer, wo Max' Vater schlief. Er sah friedlich aus, aber die Spuren des Alkohols waren in seinem erschöpften Gesicht sichtbar.

Max flüsterte leise zu seinem Vater.

«Ich bin da, Dad. Du wirst es schaffen.»

Als sie das Zimmer verließen, spürte Lena, wie Max' Hand zitterte. Sie legte ihre Hand auf seine.

«Es wird alles gut, Max. Wir sind für dich da.»

Kapitel 5

Lena und Max saßen nebeneinander und blickten in den klaren Nachthimmel.

Ihr Astronomieprojekt näherte sich dem Abschluss, doch ihre Unterhaltungen hatten längst eine tiefere Ebene erreicht.

«Das Universum ist ständig in Bewegung, genau wie unser Leben», sagte Lena nachdenklich, als sie durch das Teleskop schaute.

Max nickte zustimmend.

«Manchmal fühlt es sich an, als würden wir einfach mitgerissen, ohne Kontrolle über die Richtung.»

Während sie über ihre Gedanken und Ängste sprachen, waren sie sich nicht bewusst, dass sich auch in den Leben ihrer Eltern Veränderungen anbahnten.

In einer ruhigen Ecke des Krankenhauses traf Dr. Martina Berger, Lenas

Mutter, Max' Vater zu einem Gespräch.

«Wie fühlen Sie sich heute, Herr König?», fragte sie mit professioneller Wärme.

«Ein wenig besser, danke, Dr. Berger», antwortete er höflich. «Und ich muss sagen, Ihre Unterstützung hat mir sehr geholfen.»

Es war ein kurzes Gespräch, aber es offenbarte eine wachsende Sympathie zwischen ihnen, die noch unausgesprochen war.

Einige Tage später sprach Max mit seinem Vater über dessen Genesung.

«Es ist gut, zu hören, dass es dir besser geht, Dad.»

Sein Vater blickte nachdenklich.

«Ja, und ich habe Unterstützung im Krankenhaus gefunden. Dr. Berger… sie hat mir sehr geholfen.»

Max lächelte, erfreut über die positiven Veränderungen in seinem Vater.

«Das ist toll, Dad. Jede Unterstützung ist wichtig.»

Einige Wochen nach seiner Entlassung aus dem Krankenhaus traf Herr König, Max' Vater, zufällig Dr. Martina Berger in einem kleinen Café in der Nähe des Parks. Sie saßen an einem ruhigen Tisch und bestellten Kaffee.

«Ich wollte Ihnen persönlich danken, Dr. Berger», begann Herr König. «Seit meiner Entlassung habe ich keinen Alkohol mehr angerührt. Ihr Rat und Ihre Unterstützung im Krankenhaus haben wirklich einen Unterschied gemacht.»

Dr. Berger lächelte warm.

«Das ist eine beachtliche Leistung, Herr König. Ich bin froh, dass ich helfen konnte. Und bitte, nennen Sie mich Martina.»

Währenddessen arbeiteten Lena und Max weiterhin an ihrem Astronomieprojekt.

In der Stadtbibliothek, umgeben von alten Büchern und Sternenkarten, fanden sie einen gemeinsamen Rhyth-

mus in ihrer Arbeit und ihren Gesprächen.

Daniel, der immer noch eine wichtige
Stütze für Lena war, bemerkte die sich
vertiefende Bindung zwischen ihr und
Max.

Eines Nachmittags, während eines Spaziergangs, sprach Lena ihre Gedanken
aus.

«Manchmal wünsche ich mir, ich
könnte die Antworten in den Sternen
finden. Wenn sie nur mit mir reden
könnten. Ich denke, die Sterne wissen
alles.»

«Vielleicht sind die Antworten näher,
als du denkst», antwortete Daniel sanft.

In der Zwischenzeit entwickelte sich
zwischen Dr. Berger und Herrn König
ein Gespräch, das über das Medizi-
nische hinausging. Sie sprachen über
ihre Interessen, ihre Träume und sogar
über ihre Kinder.

«Meine Tochter, Lena, sie ist mein Ein
und Alles», sagte Dr. Berger nachdenk-

lich. «Sie hat in letzter Zeit so viel durchgemacht.»

«Ich verstehe das», erwiderte Herr König. «Max bedeutet mir auch alles. Er hat mir durch die schwersten Zeiten geholfen.»

Kapitel 6

Das Astronomieprojekt von Lena und Max hatte seinen Höhepunkt erreicht. In der Aula präsentierten sie ihre Arbeit – eine beeindruckende Sammlung von detaillierten Sternkarten, ergänzt durch Max' kunstvolle Zeichnungen des Nachthimmels.

Jedes Bild zeigte ein anderes Sternbild, kunstvoll interpretiert, mit sanften Farbverläufen, die das Funkeln der Sterne einfingen.

Im Schulhof hatten sie ein Teleskop aufgestellt, um ihre Mitschüler die Schönheit des Kosmos hautnah erleben zu lassen.

Die Reaktionen waren überwältigend positiv. Lehrer und Schüler gleichermaßen waren beeindruckt von der Tiefe ihres Wissens und der Kreativität ihrer Darstellung.

Nach der Präsentation zogen sich Lena

und Max in den nahegelegenen Park zurück, um zu reflektieren.

«Ich kann kaum glauben, dass es schon vorbei ist», sagte Lena und blickte zu den Sternen auf. «Ich habe so viel von dir gelernt, Max.»

Max sah sie an, in seinen Augen ein Glanz, der mehr verriet, als Worte es könnten.

«Ich auch von dir, Lena. Diese Zeit mit dir… sie hat alles verändert.»

Sie saßen eine Weile schweigend da, die Atmosphäre geladen mit unausgesprochener Spannung und Antizipation.

Schließlich drehte Max sich zu Lena und nahm sanft ihr Gesicht in seine Hände.

«Lena, es gibt etwas, das ich schon lange tun möchte.»

Bevor Lena etwas erwidern konnte, neigte Max seinen Kopf und küsste sie sanft.

Es war ein Moment, in dem die Zeit stillzustehen schien, ein Kuss, der ihre bisher unausgesprochenen Gefühle füreinander offenbarte.

Sie sahen sich an, ihre Blicke sprachen Bände.

«Was bedeutet das jetzt für uns?», flüsterte Lena.

Max hielt ihre Hand.

«Ich weiß es nicht, Lena. Aber ich weiß, dass ich herausfinden will, wohin dieser Weg uns führt.»

In der Stille des Parks, unter dem weiten Sternenhimmel, begannen Lena und Max ein neues Kapitel ihrer Geschichte – zusammen, aber unsicher, wohin ihr gemeinsamer Pfad sie führen würde.

In der gemütlichen Küche der Bergers
saß Lena ihrer Mutter gegenüber. Dr.
Berger schien nach den richtigen
Worten zu suchen, eine ungewöhnliche
Unsicherheit in ihren Augen.

«Lena, ich muss mit dir über etwas
sprechen», begann sie schließlich. «Es
geht um Herrn König, Max' Vater.»

Lena spürte, wie sich ihre Stirn in
Falten legte.

«Was ist mit ihm?»

Dr. Berger atmete tief durch.

«Wir haben in letzter Zeit einige Male
zusammen gesprochen. Es hat sich… es
hat sich eine Art Verbindung zwischen
uns entwickelt. Ich bin mir noch nicht
sicher, was das bedeutet, aber ich
dachte, du solltest es wissen.»

Lena saß still da, die Informationen ver-
arbeitend.

«Du meinst… ihr beiden? Aber was
bedeutet das für Max und mich?»

«Ich weiß es nicht, Lena. Es ist alles
sehr neu und unerwartet», antwortete

ihre Mutter sanft.

Zur gleichen Zeit hatte Max ein ähnliches Gespräch mit seinem Vater. Herr König saß auf dem Sofa, ein nachdenklicher Ausdruck auf seinem Gesicht.

«Max, es gibt etwas, das ich dir sagen muss. Dr. Berger und ich, wir haben uns näher kennengelernt. Es ist nichts Festes, aber ich wollte, dass du es von mir hörst.»

Max fühlte, wie sich seine Welt drehte.

«Dad, das ist… das ist ziemlich überraschend. Was bedeutet das für Lena und mich?»

«Ich bin mir nicht sicher, Sohn. Aber ich glaube, es ist wichtig, dass wir ehrlich zueinander sind.»

Später trafen sich Lena und Max im Park, ein Ort, der einmal Trost geboten hatte, jetzt jedoch von Unsicherheit geprägt war. Sie setzten sich auf ihre übliche Bank und sahen sich an, jeder suchte nach Worten.

«Meine Mutter… sie hat mir von ihr

und deinem Vater erzählt», sagte Lena leise.

«Mein Vater hat mir dasselbe gesagt», antwortete Max, seine Stimme voller Zögern. «Lena, was bedeutet das jetzt für uns?»

«Ich weiß es nicht, Max. Es fühlt sich so kompliziert an. Wir… wir haben gerade erst angefangen, uns zu finden.»

Sie saßen eine Weile schweigend da, jeder in seinen Gedanken versunken. Die Nachricht über ihre Eltern hatte eine unsichtbare Mauer zwischen ihnen errichtet, eine Komplikation, die keiner von ihnen vorhersehen konnte.

Als der Abend hereinbrach und die ersten Sterne am Himmel erschienen, standen Lena und Max auf.

«Egal, was passiert, Lena, ich möchte, dass du weißt, dass meine Gefühle für dich echt sind», sagte Max ernst.

Lena nickte, Tränen in den Augen.

«Ich auch, Max. Ich auch.»

Sie trennten sich an jenem Abend mit

einer Umarmung, jeder mit seinen eige-
nen Gedanken und Sorgen, unsicher
über die Zukunft, die vor ihnen lag.
Als Lena sich an diesem Abend den
Sternen anvertraute, sagte sie: «Ich
weiß, ihr haltet die Geheimnisse der
Zeit und des Schicksals. Gebt mir die
Stärke, das Richtige zu tun.»

Kapitel 7

In den Tagen nach dem schockierenden Geständnis ihrer Eltern fanden Lena und Max sich in einem Strudel der Verwirrung und gemischter Gefühle wieder.

Sie trafen sich weniger häufig, da jeder versuchte, seine Gedanken und Emotionen zu ordnen.

Da sie jemanden zum Reden brauchte, der nicht direkt in die Situation involviert war, beschloss sie, mit Daniel darüber zu sprechen.

Sie trafen sich in einem Café, wo sie ihm von der Situation erzählte. Daniels Augen weiteten sich in Überraschung.

«Das ist... kompliziert», sagte er. «Aber es sollte eure Beziehung nicht definieren. Ihr seid doch eigenständige Persönlichkeiten, Lena. Selbst wenn eure Eltern wirklich was miteinander anfangen, seid ihr ja nicht verwandt oder sowas.»

Lena nickte nachdenklich.

«Ich weiß, aber es fühlt sich so seltsam an. Als ob unsere Beziehung jetzt irgendwie falsch wäre. Und du weißt genau, wie schwer ich mir schon immer mit dem Gerede und Getuschel der anderen tue. Was gäbe DAS denn dann erst für Gesprächsstoff!»

«Ja, ich verstehe. Du solltest das tun, womit du dich gut fühlst. Oder zumindest, was erträglicher sein wird für dich.»

Währenddessen suchte Max Rat bei einem seiner neuen Skateboard-Freunde, einem älteren Jungen namens Lukas. Lukas hörte ihm zu und nickte.

«Mann, das ist eine harte Situation. Aber letztendlich musst du tun, was sich für dich richtig anfühlt, unabhängig von allem anderen.»

In der Zwischenzeit trafen sich Dr. Berger und Herr König weiterhin, aber mit einem neuen Bewusstsein für die

Komplexität ihrer Situation. Während eines Spaziergangs sprach Dr. Berger ihre Bedenken aus.

«Wir müssen vorsichtig sein, wie wir damit umgehen. Unsere Kinder sind involviert, und das macht alles noch komplizierter.»

Herr König sah sie ernst an.

«Ich weiß. Ich hätte nie gedacht, dass das passieren würde. Aber ich kann nicht leugnen, dass ich mich zu Ihnen hingezogen fühle, Martina.»

Als Lena und Max sich schließlich trafen, war die Atmosphäre zwischen ihnen gespannt, aber sie waren beide entschlossen, offen miteinander zu sprechen. Sie gingen in den Park, wo alles begonnen hatte.

«Max, ich weiß nicht, was wir tun sollen», gestand Lena. «Ich mag dich wirklich, aber jetzt ist alles so kompliziert.»

Max nahm ihre Hand.

«Ich fühle dasselbe, Lena. Es ist, als ob

das Schicksal uns einen Streich spielt.
Aber ich glaube immer noch, dass wir
etwas Besonderes haben.»

Sie saßen nebeneinander, sprachen
über ihre Gefühle, ihre Ängste und die
Unsicherheit der Zukunft.

Es gab keine einfachen Antworten, nur
das klare Gefühl, dass, egal wie kompliziert die Dinge wurden, die Verbindung zwischen ihnen echt war.

Der lokale Skatepark war für Max in den letzten Wochen zu einem Zufluchtsort geworden, einem Ort, an dem er seinen Gedanken entfliehen und sich auf etwas anderes konzentrieren konnte.

An diesem sonnigen Nachmittag war der Park belebter als sonst. Skater unterschiedlichsten Alters zeigten ihre Tricks und Fähigkeiten. Unter ihnen war eine Skaterin, die sofort Max' Aufmerksamkeit erregte.

Ihr Name war Claudia, und sie bewegte sich mit einer solchen Anmut und Selbstsicherheit auf ihrem Board, dass Max nicht anders konnte, als fasziniert zuzuschauen.

Sie trug ein lässiges Outfit und ein breites, selbstbewusstes Lächeln. Ihre Haare waren zu einem lockeren Zopf gebunden, der bei jeder Bewegung mitschwang.

Nachdem sie eine besonders beeindruckende Trickkombination gelandet hatte, rollte sie zu Max herüber.

«Hey, ich habe dich hier schon ein paar Mal gesehen», sagte sie. «Du bist ziemlich gut.»

Max spürte, wie er leicht errötete.

«Danke. Du bist unglaublich auf dem Board.»

Claudia lachte.

«Danke, ich bin ja auch schon eine Weile dabei. Wie heißt du?»

«Ich bin Max», antwortete er, und sie begannen ein Gespräch.

Claudia erzählte ihm von den verschiedenen Skateparks, die sie besucht hatte, und ihren Reisen.

Ihre Energie und ihr Enthusiasmus waren ansteckend, und Max fand sich bald in einer Welt der Geschichten und Abenteuer wieder.

Während sie zusammen skateten, fühlte Max eine Leichtigkeit, die er lange nicht gespürt hatte. Claudias unbeschwerte Art bot ihm eine willkommene Ablenkung von den

Komplikationen in seinem Leben.

Nachdem der Tag zu Ende ging und sie sich verabschiedeten, wurde Max nachdenklich. Claudia hatte etwas in ihm geweckt, eine Sehnsucht nach Einfachheit und Freiheit.

Er begann zu überlegen, was er wirklich vom Leben wollte und wie seine Beziehung zu Lena in dieses Bild passte.

Währenddessen hatte Lena ihre eigenen Kämpfe. Die Enthüllung ihrer Eltern lastete schwer auf ihr, und obwohl sie Max' Nähe schätzte, fühlte sie sich verwirrt und unsicher über die Zukunft.

Max saß noch lange auf einer Bank im Park, den Blick auf den sich färbenden Himmel gerichtet.

Die letzten Sonnenstrahlen des Tages spiegelten sich in seinen Gedanken wider – ein Kaleidoskop aus Möglichkeiten und Unsicherheiten.

Claudia hatte ihm einen Einblick in eine Welt gegeben, die so frei und unbeschwert schien, und das stand im starken Kontrast zu der komplizierten Situation, in der er sich mit Lena befand.

Er dachte an Lena, an ihre tiefen Gespräche und die Momente, in denen sie zusammen die Sterne beobachtet hatten.

Es war eine Verbindung, die er nicht leugnen konnte, aber jetzt, mit Claudias Erscheinen, fühlte er sich an einem Scheideweg.

Die kühle Abendluft brachte eine Klarheit mit sich, und Max erkannte, dass er Entscheidungen treffen musste.

Entscheidungen, die nicht nur sein eigenes Herz betrafen, sondern auch das von Lena.

Er wusste, dass es nicht einfach werden würde, aber er war entschlossen, einen Weg zu finden, der ihm treu blieb.

Mit einem tiefen Atemzug stand Max auf und machte sich auf den Heimweg. Die Sterne am Himmel schienen heller

denn je, als ob sie ihm den Weg weisen
würden.

Kapitel 8

Lena saß in ihrem Zimmer, umgeben von Sternenkarten und Notizbüchern, doch ihre Gedanken waren weit entfernt.

Seit dem Gespräch mit ihren Eltern fühlte sie sich verloren in einem Meer aus Unsicherheit.

Die Beziehung ihrer Mutter zu Max' Vater warf so viele Fragen auf – über ihre eigene Zukunft mit Max, über die Familie und über die Liebe selbst.

In der Zwischenzeit trafen sich Dr. Berger und Herr König wieder im Café.

Ihre Gespräche waren von einer neuen Tiefe geprägt, da beide die möglichen Konsequenzen ihrer Gefühle für ihre Kinder bedachten.

«Ich hätte nie gedacht, dass ich in meinem Alter noch einmal so etwas empfinden würde», gestand Dr. Berger. «Aber wir müssen vorsichtig sein.

Unsere Kinder…»
Herr König nickte zustimmend.
«Ja, das Wohl von Max und Lena steht an erster Stelle. Wir sollten wirklich langsam vorgehen.»
Max traf sich erneut mit Claudia im Skatepark. Ihr unbeschwertes Lachen und ihre lebensfrohe Art waren für ihn eine willkommene Ablenkung von den komplizierten Gedanken, die ihn sonst plagten.
Mit jedem Trick und jeder Drehung auf dem Board fühlte er, wie sich ein Teil der Last von seinen Schultern hob.
Als er vom Skatepark nach Hause ging, traf Max zufällig auf Lena und Daniel.
Lena lachte laut auf, weil Daniel einen Witz erzählt hatte.
Daniels unbeschwertes Lächeln und seine leichte Art brachten eine willkommene Abwechslung in Lenas Welt.
Max, der Daniels wachsende Rolle in Lenas Leben bemerkte, empfand eine Mischung aus Dankbarkeit und einer

leisen Wehmut.

Daniel ging in eine andere Richtung weiter und Lena ging ein Stück mit Max.

Als sie alleine waren, reflektierten Lena und Max über die Entwicklungen in ihren Familien.

«Es ist seltsam, unsere Eltern so zu sehen», sagte Lena nachdenklich. «Aber ich bin froh, dass sie glücklich sind.»

«Ja, ich auch», antwortete Max. «Alles ändert sich, auch wir.»

Sie liefen eine Weile schweigend nebeneinander, verbunden durch die gemeinsame Vergangenheit und die unsichere Zukunft.

Sie wussten, dass ihre Wege sich möglicherweise trennen würden, aber die Bindung, die sie teilten, war tief und beständig.

Am nächsten Tag suchte Lena erneut das Gespräch mit Daniel.

Sie brauchte einen Freund, mit dem sie sprechen konnte, jemanden, der außerhalb der komplizierten Situation stand.

«Daniel, ich weiß nicht mehr, was ich tun soll», gestand sie während eines Spaziergangs. «Alles hat sich verändert, seit meine Mutter mir von ihr und Max' Vater erzählt hat.»

Daniel hörte aufmerksam zu.

«Vielleicht ist es an der Zeit, dass du und Max offen über eure Gefühle sprecht. Manchmal ist die direkte Konfrontation der beste Weg.»

Später am Abend trafen sich Lena und Max in ihrem üblichen Treffpunkt im Park. Die Luft war kühl, und der Sternenhimmel breitete sich über ihnen aus.

«Max, wir müssen reden», begann Lena. «Über uns, über unsere Eltern… über alles.»

Max sah sie ernst an.

«Ich weiß, Lena. Ich habe auch nachgedacht. Vielleicht... vielleicht sollten wir eine Pause einlegen, bis wir das alles verstanden haben.»

Lena spürte, wie ihr Herz sank, aber sie wusste, dass Max recht hatte. «Ja, vielleicht ist es das Beste für uns beide.»

Sie saßen noch eine Weile da, jeder in seinen eigenen Gedanken versunken, bevor sie sich für die Nacht verabschiedeten.

Es war kein Abschied, sondern eine Pause – eine Zeit, um zu reflektieren und zu verstehen, was die Zukunft für sie bereithalten könnte.

Kapitel 9

In den folgenden Tagen fand sich Lena oft an ihrem Lieblingsplatz am Fenster wieder, wo sie in die Sterne blickte.

Sie dachte über ihre Gefühle für Max nach, über die unerwartete Situation ihrer Eltern und darüber, wie all das ihre Zukunft beeinflussen könnte.

Die Sterne boten keine Antworten, aber sie brachten einen gewissen Trost in der Stille der Nacht.

Max seinerseits verbrachte mehr Zeit im Skatepark, oft in Gesellschaft von Claudia.

Ihre unbeschwerte Art half ihm, sich von den komplizierten Gedanken abzulenken, die ihn sonst plagten.

Doch selbst in diesen Momenten der Leichtigkeit fand seine Gedanken immer wieder den Weg zurück zu Lena und zu dem, was zwischen ihnen gewesen war.

An einem sonnigen Nachmittag beschloss Max, Claudia zu einem lokalen Skate-Wettbewerb zu begleiten, zu dem sie sich angemeldet hatte.

Er hatte sie in den vergangenen Wochen besser kennengelernt und war fasziniert von ihrer lebensfrohen Art und ihrer Fähigkeit, sich frei von den Lasten der Vergangenheit zu bewegen.

Als sie am Wettbewerbsort ankamen, war die Atmosphäre elektrisierend. Skater aus verschiedenen Städten waren gekommen, um ihr Können zu zeigen.

Claudia war sichtlich aufgeregt, aber auch zuversichtlich.

«Das wird Spaß machen», sagte sie mit einem strahlenden Lächeln.

Max beobachtete, wie Claudia sich aufwärmte und mit anderen Skatern austauschte.

Ihre Energie und Begeisterung waren ansteckend. Als sie an der Reihe war, rollte sie mit einer Leichtigkeit und

Anmut auf ihrem Board, die Max beeindruckte. Ihre Performance war nicht nur technisch einwandfrei, sondern auch künstlerisch und ausdrucksstark.

Nach ihrem Auftritt kam sie zu Max zurück, ihre Augen leuchteten vor Freude.

«Wie war ich?», fragte sie.

«Unglaublich», antwortete Max ehrlich. «Du hast eine echte Gabe.»

Claudia lächelte und setzte sich neben ihn.

«Weißt du, Skaten ist für mich mehr als nur ein Hobby. Es ist ein Weg, mich auszudrücken, frei zu sein.»

Ihre Worte trafen Max tief. Er begann über seine eigenen Leidenschaften und die Dinge nachzudenken, die ihm wirklich wichtig waren. Claudia hatte etwas in ihm geweckt, eine Sehnsucht nach Freiheit und Authentizität.

In den nächsten Stunden unterhielten sie sich über alles Mögliche, von ihren

Träumen und Zielen bis hin zu ihren Ängsten und Herausforderungen.

Claudia teilte ihre Geschichte mit Max – wie sie das Skaten als Zuflucht in schwierigen Zeiten entdeckt hatte und wie es ihr geholfen hatte, sich selbst zu finden.

Als der Wettbewerb zu Ende ging und sie den Ort verließen, fühlte Max eine tiefe Dankbarkeit für Claudias Präsenz in seinem Leben.

Sie hatte ihm eine neue Perspektive eröffnet und ihm gezeigt, dass es in Ordnung ist, seinen eigenen Weg zu gehen, unabhängig von den Erwartungen anderer.

Während sie in den Sonnenuntergang fuhren, spürte Max, wie sich etwas in ihm veränderte.

Claudia hatte ihm nicht nur die Welt des Skatens nähergebracht, sondern auch die Bedeutung von Selbstausdruck und Freiheit.

Es war ein Schritt in Richtung einer neuen Zukunft, einer Zukunft, in der er selbst bestimmen konnte, wer er sein wollte.

Dr. Berger und Herr König trafen sich seltener, da beide die Auswirkungen ihrer Annäherung auf ihre Kinder respektierten. In einem kurzen Telefonat teilten sie ihre Sorgen und Hoffnungen.

«Ich vermisse unsere Gespräche, Martina», gestand Herr König. «Aber ich verstehe, dass wir jetzt vorsichtig sein müssen.»

«Ja, das Wohl unserer Kinder steht an erster Stelle», erwiderte Dr. Berger. «Aber ich hoffe, dass wir einen Weg finden können, der für uns alle funktioniert.»

An einem kühlen Samstagnachmittag trafen sich Lena und Daniel in einem kleinen, abgelegenen Café am Rande der Stadt. Lena hatte Daniel um dieses Treffen gebeten, da sie jemanden zum Reden brauchte, jemanden, der außerhalb der komplizierten Dynamik ihres Lebens stand.

«Danke, dass du gekommen bist», begann Lena, als sie sich gegenüber an einem kleinen Tisch niederließen. «Ich brauche gerade jemanden, der zuhört.»
Daniel lächelte sanft. «Immer, Lena. Was ist los?»
Lena seufzte und begann, ihre Gedanken auszusprechen. Sie erzählte von den neuesten Entwicklungen zwischen ihren Eltern und wie dies ihre Gefühle für Max komplizierter gemacht hatte.

Sie sprach von ihrer Verwirrung, ihren Ängsten und der Unsicherheit, die sie empfand. Auch davon, dass die aktuelle Pause der Beziehung schlimmer ist, als eine endgültige Entscheidung treffen zu müssen.

Daniel hörte aufmerksam zu, nickte und gab ab und zu einen Gedanken oder eine aufmunternde Bemerkung ein.

«Es klingt so, als wärst du in einer schwierigen Lage», sagte er nachdenklich. «Aber weißt du, manchmal ist das Leben kompliziert. Es ist in Ordnung, verwirrt zu sein.»

«Ich weiß», erwiderte Lena. «Ich frage mich nur, ob ich die richtigen Entscheidungen treffe.»

«Das Wichtigste ist, dass du ehrlich zu dir selbst bist», riet Daniel. «Hör auf dein Herz, Lena. Es weiß oft mehr, als wir denken.»

Das Gespräch wechselte dann zu leichteren Themen. Sie sprachen über ihre Lieblingsbücher, Pläne für die Zukunft und sogar über kleine Alltagsgeschichten.

In diesen Momenten fühlte Lena eine

Leichtigkeit, die sie lange vermisst hatte.

Als der Nachmittag sich dem Ende zuneigte und sie das Café verließen, fühlte Lena sich ein wenig leichter. Daniels Worte hatten ihr geholfen, die Dinge aus einer anderen Perspektive zu sehen.

«Danke, Daniel», sagte sie, als sie sich verabschiedeten. «Du bist ein guter Freund.»

Daniel lächelte. «Jederzeit, Lena. Denk daran, du bist nicht allein.»

Während sie nach Hause ging, dachte Lena über Daniels Worte nach. Sie wusste, dass sie Entscheidungen treffen musste, Entscheidungen, die ihr Leben verändern würden.

Aber jetzt, dank Daniel, fühlte sie sich ein wenig besser vorbereitet, diesen Weg zu gehen.

Auf dem Nachhauseweg traf sie zufällig auf Max. Sie sprachen über alltägliche Dinge, vermieden aber das Thema ihrer Beziehung und ihrer Eltern. Als sie sich schließlich verabschiedeten, war es ein Abschied voller unausgesprochener Worte und Gefühle.

Max ging nach Hause und sah sich alte Fotos von ihm und Lena an. Jedes Bild war ein Echo der glücklichen Zeiten, die sie geteilt hatten.

Tief in seinem Herzen wusste er, dass er eine Entscheidung treffen musste – nicht nur für sich, sondern auch für Lena.

Lena ihrerseits sah aus ihrem Fenster in den Nachthimmel und fühlte sich verloren und doch irgendwie hoffnungsvoll. Die Sterne schienen zu flüstern, dass am Ende alles gut werden würde, auch wenn der Weg dorthin ungewiss war.

Kapitel 10

Lena und Max trafen sich in ihrem vertrauten Café, einem Ort, der Zeuge vieler ihrer Gespräche und Lachen gewesen war. Heute jedoch lag eine Ernsthaftigkeit in der Luft.

Sie wussten beide, dass sie eine Entscheidung treffen mussten, eine Entscheidung, die nicht nur ihr eigenes Leben betraf, sondern auch das ihrer Eltern.

«Max, ich habe darüber nachgedacht», begann Lena vorsichtig. «Über uns, unsere Eltern… Ich glaube, wir sollten ihnen die Chance geben, zu sehen, wohin ihre Gefühle sie führen.»

Max nickte langsam.

«Ich habe dasselbe gedacht. Es fühlt sich an, als wäre es das Richtige, auch wenn es schwer ist.»

Sie sprachen offen über ihre Gefühle, darüber, wie sehr sie einander schätzten, und dass ihre Entscheidung nicht das Ende ihrer tiefen Verbundenheit bedeutete. Es war ein Gespräch, das von gegenseitigem Respekt und Fürsorge geprägt war.

Gemeinsam beschlossen sie, mit ihren Eltern zu sprechen. Sie trafen sich mit Dr. Berger und Herrn König und erklärten ihre Entscheidung.

Die Eltern waren zunächst überrascht, dann aber berührt von der Reife und dem Altruismus ihrer Kinder.

«Wir möchten, dass ihr beide glücklich seid», sagte Max. «Ihr habt das Recht, euren eigenen Weg zu finden, genau wie wir.»

Dr. Berger und Herr König waren sichtlich bewegt.

«Wir wissen das zu schätzen», sagte Herr König. «Und wir versprechen, dass wir eure Gefühle in all dem nie außer Acht lassen werden.»

In den Wochen, die folgten, fanden Lena und Max Trost in ihrer Freundschaft. Sie unterstützten einander, während sie zusahen, wie sich die Beziehung ihrer Eltern langsam entfaltete.

Dr. Berger und Herr König trafen sich häufiger, erkundeten vorsichtig die Möglichkeit einer gemeinsamen Zukunft.

Ihre Verbindung wuchs, geprägt von der Unterstützung und dem Verständnis, das sie von ihren Kindern erhalten hatten.

Max verbrachte weiterhin Zeit im Skatepark, fand Freude und Ablenkung in der Gemeinschaft und bei Claudia. Lena, die sich auf ihre akademischen Interessen konzentrierte, fand Trost in Daniels Freundschaft, der immer für sie da war.

Lena und Daniel planten einen Abend, um gemeinsam den Sternenhimmel zu beobachten. Ausgestattet mit einem Teleskop und Decken, machten sie es sich auf einer Wiese außerhalb der Stadt bequem, weit weg von den störenden Lichtern.

Während sie durch das Teleskop schauten und über die Wunder des Universums sprachen, wuchs die Nähe zwischen Lena und Daniel.

In einem Moment des gemeinsamen Staunens über die Schönheit des Sternenhimmels fanden ihre Hände zueinander, ein sanftes und doch bedeutungsvolles Berühren.

«Es ist erstaunlich, wie klein unsere Probleme erscheinen, wenn man sie mit der Unendlichkeit des Universums vergleicht», sagte Daniel nachdenklich.

Lena nickte und hielt seine Hand fester.

«Ja, das Universum gibt uns eine Perspektive. Und manchmal auch Klarheit», erwiderte sie leise.

Die Sterne funkelten wie Diamanten auf dem schwarzen Samt des Nachthimmels, und die Stille der Nacht umhüllte sie wie eine warme Decke.

Daniel war still neben ihr, sein Blick auf die unendlichen Weiten des Universums gerichtet. Er drehte sich zu ihr um und sah Lena an, seine Augen voller Wärme und Zuneigung.

In diesem Moment schien die Zeit stillzustehen, und alles, was zählte, war die Verbindung, die zwischen ihnen entstanden war.

«Lena», sagte Daniel leise, seine Stimme fast ein Flüstern, «es gibt etwas, das ich schon lange tun möchte.»

Bevor Lena antworten konnte, beugte sich Daniel zu ihr hinüber und berührte sanft ihre Lippen mit seinen.

Es war ein zarter, forschender Kuss, der schnell an Leidenschaft gewann, als Lena ihn erwiderte. Ihre Hände fanden zueinander, und in diesem Kuss, der unter den Sternen stattfand, fanden sie einen gemeinsamen Rhythmus, einen Ausdruck ihrer wachsenden Gefühle füreinander.

Als sie sich voneinander lösten, sahen sie sich in die Augen, und Lena erkannte eine Wahrheit, die ihr Herz bereits wusste. Daniel war mehr für sie geworden als nur ein Freund.

Er war jemand, der ihr Herz berührte und ihr zeigte, dass es möglich war, nach Verlust und Trauer wieder Liebe zu empfinden.

In der Zwischenzeit hatten Dr. Berger und Herr König ihre Beziehung gefestigt und waren nun offiziell ein Paar.

Dies führte dazu, dass Lena und Max sich regelmäßig begegneten, wenn ihre Eltern Zeit miteinander verbrachten.

Bei einem dieser Treffen sprachen Lena und Max offen über ihre neuen Wege.

«Ich bin wirklich glücklich, dass unsere Eltern zueinandergefunden haben», sagte Lena. «Und ich bin froh, dass wir beide unseren Frieden damit gefunden haben.»

Max nickte.

«Ja, ich auch. Es ist seltsam, wie sich die Dinge entwickeln, aber am Ende scheint alles einen Sinn zu ergeben.»

In den Wochen, die folgten, fand Max sich immer öfter in Claudias Gesellschaft wieder.

Ihr gemeinsames Interesse am Skaten und ihre lebhaften Gespräche hatten eine Verbindung geschaffen, die über bloße Freundschaft hinausging.

Eines Abends lud Claudia Max zu einem Besuch in ihrer Lieblingsskatehalle ein.

Die Halle war bekannt für ihre anspruchsvollen Rampen und wurde von einer eng verbundenen Community von Skatern frequentiert.

Als sie dort ankamen, war die Atmosphäre elektrisierend. Skater aller Altersgruppen übten ihre Tricks, und die Luft war erfüllt von der Energie und Leidenschaft, die sie in ihre Kunst investierten.

Claudia war in ihrem Element. Sie führte Max herum, stellte ihn ihren Freunden vor und zeigte ihm einige ihrer Lieblingstricks.

Max war beeindruckt von ihrer Geschicklichkeit und ihrer Fähigkeit, sich in dieser Umgebung zu bewegen, als wäre es ihr zweites Zuhause.

Nachdem sie einige Zeit dort verbracht hatten, zogen sie sich in eine ruhigere Ecke der Halle zurück.

Bei einem Getränk begannen sie, über ihre Leben außerhalb des Skatens zu sprechen. Claudia erzählte von ihrer Kindheit, ihren Träumen und den Herausforderungen, die sie überwunden hatte.

Max hörte aufmerksam zu und fühlte sich durch ihre Geschichten inspiriert. Er begann, über seine eigene Vergangenheit und die jüngsten Veränderungen in seinem Leben zu sprechen. Claudia hörte ihm mit einer Offenheit und einem Verständnis zu, das Max selten erlebt hatte.

Nachdem sie die Skatehalle verlassen hatten, schlenderten Max und Claudia durch die nächtlichen Straßen, begleitet von dem sanften Geräusch ihrer Skateboards auf dem Asphalt. Die Stadt lag ruhig vor ihnen, und die Sterne funkelten hoch oben am Himmel.

«Heute Abend war unglaublich», sagte Max, während sie anhielten, um auf eine Brücke zu steigen, die einen malerischen Blick auf die Stadt bot.

«Ja, das war es», stimmte Claudia zu. Sie stand neben ihm, ihre Augen reflektierten das Sternenlicht. «Weißt du, Max, ich habe nicht erwartet, dass ich jemanden wie dich treffen würde.»

Max blickte Claudia an, erfasst von der Tiefe des Moments.

«Claudia, ich…», begann er, aber die Worte blieben ihm im Hals stecken. Stattdessen ließ er seine Gefühle sprechen.

Langsam neigte er sich zu ihr, und Claudia schloss die Lücke. Ihre Lippen trafen sich in einem sanften, zögernden Kuss, der schnell an Intensität gewann.

Es war ein Kuss, der die ungesagten

Worte und die tiefen Gefühle ausdrückte, die zwischen ihnen gewachsen waren.

Als sie sich voneinander lösten, lag ein neues Verständnis in ihren Blicken. In diesem Kuss hatten sie eine Verbindung entdeckt, die weit über Freundschaft hinausging – eine Verbindung, die in den Sternen zu stehen schien und die Versprechen einer ungewissen, aber hoffnungsvollen Zukunft in sich trug.

«Claudia», flüsterte Max, «ich glaube, das ist der Beginn von etwas ganz Besonderem.»

Epilog

Ein Jahr war vergangen, seit Dr. Berger und Herr König ihre Beziehung begonnen hatten, und heute war ihr großer Tag – ihre Hochzeit.

Die Zeremonie fand in einem wunderschönen Garten statt, unter einem strahlend blauen Himmel, der sich später zu einem funkelnden Sternenhimmel wandeln würde.

Lena und Max, jetzt in der Rolle der Kinder des Brautpaares, standen Seite an Seite, ihre Augen leuchteten vor Freude für ihre Eltern.

Beide hatten in den vergangenen Monaten neue Wege eingeschlagen und waren zu guten Freunden geworden, fast wie Geschwister.

Daniel und Claudia waren ebenfalls da, jeder an der Seite von Lena und Max.

Die vier hatten eine enge Freundschaft entwickelt, geprägt von gemeinsamen

Erlebnissen und einer tiefen Verbindung.

Als Dr. Berger und Herr König ihre Gelübde austauschten, blickten Lena und Max auf ihre Eltern – zwei Menschen, die trotz aller Widrigkeiten zueinandergefunden hatten.

Es war ein Moment des Glücks und der Hoffnung, der zeigte, dass das Leben manchmal unerwartete, aber wunderschöne Pfade bereithält.

Nach der Zeremonie feierten alle ausgelassen. Es wurde gelacht, getanzt und mit Wasser, Saft und Limonade auf die Zukunft angestoßen.

Lena und Daniel, eng umschlungen, tanzten unter den Sternen, während Max und Claudia sich gemeinsam über die Skateboard-Tricks amüsierten, die sie als Nächstes ausprobieren wollten.

Am Ende des Abends, als die letzten Töne der Musik verklungen waren und die Sterne am Himmel ihr funkelndes Schauspiel fortsetzten, standen die

Gäste gemeinsam draußen.

In dieser friedvollen Atmosphäre, unter dem weiten Sternenzelt, spürten Lena, Max, Daniel und Claudia eine tiefe Verbundenheit – nicht nur miteinander, sondern auch mit dem Universum, das über ihnen leuchtete.

Sie waren Teil einer größeren Familie geworden, einer Gemeinschaft, die durch Liebe, Freundschaft und geteilte Erfahrungen geprägt war.

Sie blickten in die Sterne und wussten, dass sie, egal welche Herausforderungen die Zukunft auch bringen mochte, diese gemeinsam meistern würden.

Momentaufnahme des Herzens

Kapitel 1

Emma stand vor dem Spiegel in ihrem Zimmer, die Kamera bereits um ihren Hals gehängt, bereit für ihre tägliche Fotoexpedition in den Wald.

Ihre Finger glitten sanft über die einfache, aber elegante Kette, die sie trug – ein Geschenk von Leo, ihrem ehemaligen besten Freund, der nun im Gefängnis saß.

Sie hatte sie seit dem Tag getragen, an dem er sie ihr geschenkt hatte, als ständiges Symbol ihrer Verbundenheit und der unbeschwerten Tage ihrer Kindheit.

Der Gedanke an Leo und die Ungewissheit seiner Zukunft ließen sie für einen Moment innehalten.

«Ich habe dich nie vergessen, Leo», flüsterte sie leise, fast als könnte er sie hören.

Mit einem tiefen Atemzug drehte sie sich um und verließ das Haus, die

Kamera fest in der Hand, bereit, die Schönheit und Stille des Waldes einzufangen, unwissend, dass dieser Tag ihr Leben verändern würde.

Das Licht des späten Nachmittags fiel in goldenen Strahlen durch das dichte Blätterdach, als Emma ihren Lieblingsplatz im Wald erreichte.

Mit ihrer Kamera in der Hand hielt sie inne, um das Schauspiel des Lichts einzufangen. Mit ihrer Kamera in der Hand und einem Rucksack voller Objektive und Snacks auf dem Rücken fühlte sie sich lebendig, fast so, als würde sie mit der Natur selbst verschmelzen.

Sie hatte diesen Ort immer als ihre Zuflucht betrachtet, einen Ort, an dem die Stille des Waldes ihre Gedanken beruhigte und ihre Kreativität anregte.

Sie kniete sich nieder, das Moos weich unter ihren Knien, und zielte auf das Zusammenspiel von Licht und Schatten, das sich auf dem Waldboden abzeichnete. Ihre Kamera klickte leise, als sie die Szenerie festhielt – eine stille Symphonie in Grün und Gold.

Ein paar Schritte weiter entdeckte sie einen alten Baum, dessen Rinde von Moos und Flechten überzogen war. Das Licht fiel auf den Baum in einem perfekten Winkel, der die Textur der Rinde hervorhob.

Emma spürte, wie ihre Augen aufleuchteten, während sie die Kamera einstellte und die Szene durch den Sucher betrachtete. Das Klicken des Auslösers war wie Musik in ihren Ohren, ein Beweis dafür, dass sie im richtigen Moment am richtigen Ort war.

In diesem Moment, mit der Kamera in der Hand, fühlte sie sich vollkommen und tief verbunden mit der Welt um sie herum.

Plötzlich hörte sie ein Rascheln im Unterholz. Emma hob den Blick von ihrer Kamera und sah eine Gestalt, die langsam durch die Bäume auf sie zukam. Ihr Herz klopfte schneller, als sie erkannte, wer es war – Leo.

Leo war nicht mehr der Junge aus ihrer Kindheit. Die Zeit im Jugendgefängnis hatte ihn verändert; er wirkte älter, härter. Seine Augen, einst voller Leben und Neugier, schienen nun von einer schweren Last beschattet.

«Hallo, Emma», sagte er mit einer Stimme, die tiefer und rauer klang als in ihrer Erinnerung.

Ihr erster Impuls war, wegzulaufen, sich von den Gerüchten und der Vergangenheit, die Leo umgaben, zu distanzieren.

Doch etwas in seinem Blick hielt sie fest, eine Mischung aus Reue und Hoffnung.

«Hallo, Leo», antwortete sie schließlich, ihre Stimme unsicher. «Du bist zurück.»

Als er näher kam, fiel sein Blick auf die Kette an ihrem Hals. Ein Moment der Stille trat ein, und ihre Blicke trafen sich.

«Du trägst sie immer noch», sagte Leo leise, seine Stimme überrascht und berührt zugleich. Die Kette funkelte im gedämpften Licht des Waldes, ein stilles Zeugnis ihrer langjährigen Verbindung.

Emma fasste die Kette, ihre Finger strichen sanft über den Anhänger.

«Immer», erwiderte sie mit einem leisen, aber festen Ton.

Ein Moment des Schweigens hing zwischen ihnen, gefüllt mit unausgesprochenen Fragen und der Schwere dessen, was Leo durchgemacht hatte.

«Ich bin gerade erst zurückgekommen», sagte er leise. «Es ist… anders, wieder hier zu sein.»

Emma nickte, unsicher, was sie sagen oder tun sollte.

Als Emma den Wald hinter sich ließ und den Pfad zu ihrem Zuhause einschlug, spürte sie, wie die Begegnung mit Leo in ihr nachhallte. Ihr Geist war ein Wirrwarr aus Erinnerungen und Fragen. Sie erinnerte sich an den Jungen, der früher in ihrer Straße Fahrrad gefahren und im Sommer Limonadenstände errichtet hatte. Der Junge, der immer bereit war zu lachen und zu träumen.

Emma denkt an den Tag zurück, bevor Leo verhaftet wurde. Sie hatten zusammen in ihrem Geheimversteck im Wald gesessen, einem alten, verlassenen Baumhaus. Leo hatte ihr die Kette geschenkt, ein einfaches, aber schönes Stück, das er selbst gemacht hatte.

«Damit du mich nicht vergisst», hatte er gesagt.

Sie hatte gelacht und geantwortet: «Das könnte ich nie.»

Doch das Bild des Jungen passte nicht zu dem Leo, den sie gerade getroffen hatte.

Ihre Mutter, eine Frau mit sanften Augen und einem liebevollen Herzen, stand am Küchenfenster, als Emma eintrat.

«Du bist spät dran», bemerkte sie mit einem Blick auf die Uhr. «Alles in Ordnung?»

Emma nickte, setzte sich an den Küchentisch und begann, ihre Ausrüstung abzupacken.

«Ich habe Leo im Wald getroffen», sagte sie beiläufig, beobachtend, wie ihre Mutter darauf reagierte.

Ihre Mutter seufzte tief.

«Leo, hm? Er ist also zurück. Ich habe gehört, er wurde entlassen. Es muss hart für ihn sein, wieder hier zu sein.»

«Denkst du, er hat sich verändert?», fragte Emma, während sie mit einem Objektivdeckel spielte.

«Ich weiß es nicht, Liebes», antwortete ihre Mutter nachdenklich. «Die Menschen können sich ändern, vor allem nach dem, was er durchgemacht hat. Aber sei vorsichtig, Emma.»

Emma spürte, wie sich ihre Stirn in Falten legte. Sie wollte an das Gute in

Leo glauben, an die Erinnerungen ihrer Kindheit. Doch die Worte ihrer Mutter hallten in ihr nach.

Später, allein in ihrem Zimmer, blätterte Emma durch ein altes Fotoalbum. Dort fand sie ein Bild von Leo und ihr, wie sie im Park spielten. Es zeigte Emma und Leo als Kinder, lachend auf einer Schaukel. Die Erinnerung an diesen Tag flutete zurück.

Emma erinnerte sich, wie Leo sie immer höher schubste, bis sie das Gefühl hatte, fliegen zu können.

«Pass auf, dass du nicht abstürzt!», rief er lachend. Sie erinnerte sich an die Sicherheit, die sie in seiner Gegenwart fühlte, und daran, wie sie damals, als Kinder, unzertrennlich waren.

Sie setzte sich an ihren Schreibtisch und schaltete die Schreibtischlampe ein, die einen warmen Schein auf ihre Kamera und die darauf wartenden Fotos warf. Vorsichtig entnahm sie die Speicherkarte und steckte sie in ihren Laptop.

Während die Bilder auf dem Bildschirm erschienen, fühlte Emma, wie sich ihr Herzschlag beschleunigte. Jedes Foto erzählte eine eigene Geschichte – die des Waldes, die des Lichts, die von Leo. Sie blieb bei dem Bild von Leo hängen, das etwas in ihr berührte. Sein Gesicht, eingefangen in einem Moment der Verletzlichkeit, wirkte fast fremd im Vergleich zu dem Jungen, den sie einst kannte.

Nachdenklich lehnte sie sich zurück und ließ ihren Blick über die anderen Bilder schweifen. Sie zeigten den Wald, wie er im goldenen Licht badete, Momente stiller Schönheit, die sie so liebte.

Doch das Bild von Leo blieb in ihrem Kopf haften – es war mehr als nur ein Foto, es war ein Fenster in eine Welt, die sie zu verstehen versuchte.

In dieser Nacht fand Emma wenig Schlaf. Die Gedanken an Leo, an das, was er gewesen war und was er viel-

leicht geworden war, kreisten in ihrem
Kopf. Sie wusste, dass sie Antworten
finden musste, sowohl für sich selbst
als auch für ihn.

Kapitel 2

In der Schule hielt Emma ihre Kamera fest in der Hand, als wäre sie eine Verlängerung ihres eigenen Körpers.

Sie bewegte sich leise durch die Gänge, die Linse immer bereit, die subtilen Veränderungen um sie herum festzuhalten.

Ihr Blick fiel auf eine Gruppe flüsternder Schüler, die unsicher dreinblickten.

Unbemerkt positionierte sie sich und machte eine Aufnahme, die genau diesen Moment der Unruhe einfing, der durch Leos Rückkehr entstanden war.

Emma setzte ihren Weg fort, die Kamera immer im Anschlag. Sie fing einen Lehrer ein, der nachdenklich auf Leos leeren Stuhl blickte, und Schüler, die sich in kleinen Gruppen zusammenfanden, die Augen voller Fragen und Gerüchte.

Jedes Foto war ein stiller Zeuge der veränderten Atmosphäre in der Schule, eine visuelle Chronik der unsichtbaren Spannungen, die sich durch die Korridore zogen.

Sie fühlte, wie ihr Herz bei jedem Klick der Kamera ein wenig schwerer wurde. Diese Fotos waren nicht nur einfache Schnappschüsse; sie waren Dokumente einer Realität, die sich verändert hatte, Zeugnisse der stillen Stürme, die unter der Oberfläche brodelten.

Sophie, Emmas beste Freundin seit der Grundschule, wartete bereits auf sie.

«Hast du es schon gehört?», fragte Sophie aufgeregt, kaum dass Emma in Hörweite war. «Leo ist zurück.»

Emma nickte, öffnete ihr Schließfach und blickte Sophie direkt an.

«Ich weiß. Ich bin ihm gestern im Wald begegnet.»

Sophies Augen weiteten sich. «Wirklich? Wie war er? Erzähl mir alles!»

Emma zögerte, suchte nach den richtigen Worten.

«Er war… anders. Still. Es war komisch, ihn nach all der Zeit zu sehen. Ich weiß nicht, was ich davon halten soll.»

«Ich finde das beängstigend», gestand Sophie. «Wer weiß, was er getan hat. Du solltest dich von ihm fernhalten, Emma.»

Die Worte trafen Emma härter als erwartet. Sie wusste, dass Sophie nur besorgt war, aber es fühlte sich an, als würde sie vorschnell urteilen.

«Vielleicht verdient er eine zweite Chance», entgegnete Emma leise, mehr zu sich selbst als zu Sophie.

Bevor Sophie antworten konnte, näherten sich einige ihrer Mitschüler.

«Habt ihr von Leo gehört? Der Kerl ist zurück aus dem Knast!», sagte einer von ihnen, ein Junge namens Tyler.

«Keiner weiß genau, was er damals getan hat. Er früher schon gefährlich», fügte ein Mädchen hinzu. «Ich wette, er hat sich kein bisschen geändert.»

Emma spürte, wie ihre Fäuste sich ballten. Sie wollte nicht, dass Leos Geschichte so einseitig gesehen wurde, aber sie wusste auch nicht genug, um dagegen anzukommen.

Der Rest des Schultages verging in einem Dunst aus Gerüchten und Spekulationen. Emma fand sich immer wieder in Gedanken versunken, während sie versuchte, ihre eigenen Gefühle und die Geschichten, die sie hörte, zu entwirren.

Nach der Schule ging Emma alleine nach Hause. Sie brauchte Zeit zum Nachdenken, Zeit, um ihre Gedanken zu ordnen. Sie musste herausfinden, was sie wirklich über Leo dachte – abseits der Gerüchte und der Ängste ihrer Freunde.

Kapitel 3

Nach einem Tag voller Flüstern und fragender Blicke fühlte sich Emma erschöpft, als sie Leos Haus erreichte.

Es war ein einfaches, etwas heruntergekommenes Gebäude am Ende ihrer Straße, umgeben von einem ungepflegten Garten. Sie zögerte einen Moment, bevor sie den Mut fand, an die Tür zu klopfen. Leo, der zwei Jahre älter war als Emma, wohnte dort allein. Das Haus hat Leos Familie von seinen Großeltern geerbt. Leos Eltern sind dort weggezogen, als Leo ins Gefängnis kam.

Leo öffnete, seine Miene vorsichtig überrascht. «Emma? Was machst du hier?»

«Ich… ich wollte mit dir reden. Darf ich reinkommen?»

Ihre Stimme zitterte leicht, aber ihre Entschlossenheit war klar.

Leo nickte und trat beiseite, um sie einzulassen. Das Innere des Hauses war spartanisch eingerichtet, mit wenig Anzeichen eines Familienlebens. Sie setzten sich in das bescheidene Wohnzimmer, und eine unbehagliche Stille breitete sich aus.

Emma dachte an einen kalten Winterabend zurück, als sie und Leo versuchten, einen Schneemann im Vorgarten zu bauen.

Sie war zehn und er zwölf, und Leo hatte einen schiefen Hut gefunden, den sie dem Schneemann aufsetzten. Sie lachten über dessen krumme Karottennase, und Leo hatte gesagt: «Siehst du, Emma, Perfektion ist langweilig. Es sind die Unvollkommenheiten, die Erinnerungen besonders machen.»

Emma räusperte sich und brach das Schweigen. «Wie fühlst du dich, jetzt, da du zurück bist?»

Leo schaute aus dem Fenster, seine Augen nachdenklich.

«Es ist seltsam. Alles fühlt sich anders an. Ich weiß, dass die Leute reden, dass sie mich anders sehen. Mit meinen Eltern habe ich auch noch nicht gesprochen. Sie haben nicht einmal auf meine Briefe reagiert. Sie haben mich schon damals mit Ignoranz bestraft. So, als wäre ich ein Schwerverbrecher.»

«Und wie siehst du dich?», fragte Emma leise.

Ein Seufzer entwich ihm.

«Ich habe Fehler gemacht, Emma. Große Fehler. Aber ich habe auch viel über mich selbst gelernt. Ich möchte nur vorwärtskommen, verstehst du?»

Emma nickte, ihre Augen auf ihn gerichtet.

«Ich glaube, ich verstehe. Aber es ist schwer, gegen die Gerüchte anzukommen.»

«Das weiß ich. Ich erwarte nicht, dass jemand vergisst, was ich getan haben soll. Aber ich bin nicht mehr derselbe Mensch.»

Leos Stimme war bestimmt, aber in seinen Augen lag eine Verletzlichkeit, die Emma zuvor nie bei ihm gesehen hatte.

Sie schwiegen eine Weile, jeder in seinen Gedanken verloren.

Dann griff Emma spontan nach ihrer Kamera.

«Leo, darf ich dich fotografieren?», fragte sie, eine Mischung aus Respekt und Neugier in ihrer Stimme.

«In deinen Augen… da scheint eine Geschichte zu stecken, die es wert ist, erzählt zu werden.»

Leo zögerte einen Moment, dann nickte er langsam.

Während Emma die Kamera auf ihn richtete, konnte sie sehen, wie er sich entspannte, fast als würde er sich in das Schicksal seiner eigenen Geschichte ergeben.

Durch den Sucher ihrer Kamera sah Emma mehr als nur Leos Gesicht; sie sah die Spuren der Vergangenheit, die sich in seinen Zügen abzeichneten. Sie fokussierte auf seine Augen, die einst voller Leben gewesen waren und jetzt von einer tiefen Schwermut beschattet schienen.

Ihr Finger drückte sanft auf den Auslöser, und das Geräusch des Klicks erfüllte den Raum zwischen ihnen.

«Danke», sagte sie leise, als sie die Kamera sinken ließ.

In diesem kurzen Moment hatte sie eine Verbindung zu Leo gespürt, eine stille Kommunikation, die über Worte hinausging.

Dann stand Emma auf.

«Ich sollte gehen. Aber ich bin froh, dass wir gesprochen haben.»

Als sie zur Tür ging, rief Leo ihr nach.

«Danke, Emma. Dass du gekommen bist und mir zugehört hast.»

Auf dem Heimweg fühlte sich Emma verwirrt, aber auch erleichtert. Sie hatte gesehen, dass hinter den Gerüchten und der harten Fassade ein echter

Mensch steckte.

Kurz bevor sie zu Hause ankam, gingen ihr seine Worte noch einmal durch den Kopf.

«Ich erwarte nicht, dass jemand vergisst, was ich getan haben soll.»

Getan haben soll? Hat er vielleicht überhaupt kein Verbrechen begangen?

Kapitel 4

Emma war auf dem Weg zur Bibliothek, als sie zufällig Lukas traf, einen Jungen aus ihrer Schule, der früher zu Leos Freundeskreis gehört hatte.

Lukas war ein ruhiger Typ, der meistens im Hintergrund blieb, aber Emma wusste, dass er mehr über Leo und seine Vergangenheit wusste als die meisten anderen.

«Lukas, warte mal», rief sie, als sie ihn erreichte.

Er drehte sich um, überrascht, aber nicht abweisend.

«Hey, Emma. Was gibt's?»

«Ich… ich habe eine Frage zu Leo», begann Emma zögernd. «Über das, was passiert ist. Warum er verhaftet wurde.»

Lukas' Blick verdunkelte sich.

«Das ist eine lange Geschichte. Warum interessiert dich das?»

«Ich glaube, er verdient eine faire Chance. Ich möchte einfach nur die Wahrheit wissen.»

Nach einem Moment des Zögerns seufzte Lukas.

«Okay. Aber nicht hier. Komm, lass uns irgendwo hinsetzen, wo wir ungestört reden können.»

Sie fanden einen ruhigen Platz in einem nahegelegenen Park. Lukas erzählte ihr, dass Leo in Wirklichkeit unschuldig war.

Er hatte einem Freund, Jason, geholfen, ohne zu wissen, dass dieser einen Einbruch geplant hatte. Jason hatte Leo mit dem Auto draußen warten lassen. Leo dachte, Jason besucht nur jemanden.

Der hat aber den Besitzer des Hauses brutal zusammengeschlagen und war dann mit der Beute verschwunden, als die Polizei auftauchte.

Einen Teil davon hatte er jedoch in Leos Auto platziert, weshalb die Polizei diesen direkt verhaftet hat.

Emma war schockiert.

«Und Leo hat nie versucht, das klarzu-
stellen? Warum hat er die Schuld auf
sich genommen?»

«Leo ist so einer. Er wollte Jason nicht
verraten, dachte, er könnte die Strafe
abmildern. Und, naja, Jason kann einem
auch echt Angst machen. Die Polizei
hätte es vielleicht aufklären können.
Aber es kam anders. Aus irgendeinem
Grund, vielleicht auch der Hoffnung,
dass die Strafe dann nicht so extrem
ausfällt, gestand Leo die Tat. Und
wurde eingebuchtet», erklärte Lukas.

Die Geschichte ließ Emma nachdenklich zurück. Sie dankte Lukas und
machte sich auf den Weg nach Hause,
ihr Kopf voller Gedanken.

Wenn das stimmte, was Lukas sagte,
dann war Leo nicht der, für den alle ihn
hielten. Er war kein Übeltäter, sondern
war reingelegt worden.

Sie erinnerte sich an einen Tag in der
Schule, als Leo einen Kunstwettbewerb

gewann. Er hatte ein Porträt gemalt, voller Farben und Emotionen. Als er den Preis entgegennahm, sah er zu Emma hinüber und zwinkerte ihr zu. Sie erinnert sich daran, wie stolz sie war und wie voller Hoffnung Leo damals aussah.

Emma wusste, dass sie mehr Informationen brauchte. Sie musste mit Leo sprechen, ihn direkt konfrontieren. Vielleicht konnte sie ihm helfen, seine Geschichte zu erzählen und seinen Namen reinzuwaschen.

Kapitel 5

Emma fand Leo allein auf dem Basketballplatz hinter der Schule. Er warf Bälle in den Korb, jede Bewegung ein Ausdruck tiefer Konzentration. Emma zögerte einen Moment, bevor sie auf ihn zuging.

«Leo», rief sie.

Er hielt inne und drehte sich um, ein Ausdruck der Überraschung auf seinem Gesicht.

«Emma? Was machst du hier?»

«Ich muss mit dir reden. Es ist wichtig.» Emmas Stimme war fest, ihre Entschlossenheit deutlich.

Leo legte den Ball beiseite und trat näher.

«Was gibt's?»

Emma atmete tief durch.

«Ich habe mit Lukas gesprochen. Über den Einbruch und die Körperverletzung, für die du verhaftet wurdest. Er hat mir erzählt, dass du unschuldig bist, dass du für jemand anderen die Schuld auf dich genommen hast.»

Für einen Moment schien Leo wie erstarrt, dann senkte er den Blick.

«Ich weiß nicht, wovon du redest», murmelte er.

«Bitte, Leo. Du kannst mir vertrauen. Ich möchte dir helfen, aber ich kann es nur, wenn du ehrlich zu mir bist.»

Lange Sekunden der Stille vergingen, bevor Leo schließlich sprach.

«Es ist wahr», gab er leise zu. «Ich war nur der Fahrer. Ich wusste nicht, was Jason vorhatte. Aber als alles schiefging, konnte ich ihn nicht verraten. Ich dachte, ich könnte das alles selbst regeln. Ich dachte, meine Eltern würden mir bestimmt helfen und mir einen guten Anwalt suchen. Stattdessen haben sie mich verstoßen.»

Emma spürte, wie sich ihr Herz bei seinen Worten zusammenzog.

«Warum hast du dich nicht verteidigt?

Warum hast du all das auf dich genommen?»

Leo schaute auf, seine Augen voller Schmerz.

«Der Pflichtverteidiger war ein Idiot. Er glaube mir nicht, dass ich es nicht war. Und meinte, wenn ich alles zugebe, dann würde es schon nicht so schlimm werden.»

Emma legte ihre Hand auf seine Schulter.

«Du hast eine große Last getragen, Leo. Aber du musst das nicht alleine tun. Wir werden die Wahrheit beweisen, gemeinsam.»

Leo sah sie an, ein Funke Hoffnung in seinen Augen.

«Denkst du wirklich, dass das jetzt noch einen Unterschied machen würde?»

«Ja», antwortete Emma bestimmt. «Jeder verdient die Chance, seine Geschichte zu erzählen. Lass uns deine öffentlich machen.»

In diesem Moment fühlte Emma eine tiefe Verbindung zu Leo, ein Verständnis, das über Worte hinausging. Sie wusste, dass der Weg vor ihnen nicht einfach sein würde, aber sie war bereit, an seiner Seite zu stehen.

Sie saß abends auf dem Rand ihres Bettes, die Kette fest in ihrer Hand. Das Metall fühlte sich kalt und doch irgendwie tröstlich an. Sie betrachtete das kleine Kunstwerk, ein Symbol der Hoffnung und des Glaubens an Leo.

«Du warst immer unschuldig», dachte sie, während sie die Kette ansah, ihre Finger strichen sanft über den Anhänger. In ihrem Herzen spürte sie eine Mischung aus Traurigkeit über die verlorene Zeit und Entschlossenheit, Leos Namen zu reinigen.

Die Kette, einst ein Geschenk der Freundschaft und Unbeschwertheit, war nun ein Bote der Wahrheit und der Gerechtigkeit.

Sie legte die Kette zurück um ihren

Hals, ihr Gewicht war mehr als nur physisch – es war das Gewicht einer Mission, die sie nun zu erfüllen hatte.

Emma nahm einen tiefen Atemzug, entschlossen, alles zu tun, was nötig war, um Leos Unschuld zu beweisen.

In den folgenden Tagen trafen sich Emma und Leo regelmäßig, um ihren Plan auszuarbeiten.

Sie wussten, dass sie vorsichtig vorgehen mussten, um nicht unnötig Aufmerksamkeit zu erregen oder Jason zu alarmieren.

«Wir sollten mit Leuten sprechen, die Jason kannten, bevor er die Stadt verließ», schlug Emma vor. «Vielleicht gibt es jemanden, der sich an etwas Wichtiges erinnert, das uns helfen könnte.»

Leo nickte zustimmend.

«Gute Idee. Ich kenne noch ein paar Leute aus der alten Clique, die vielleicht bereit wären zu reden.»

Gemeinsam erstellten sie eine Liste von Personen, die sie kontaktieren wollten.

Sie planten, sich an neutralen Orten wie Cafés oder Parks zu treffen, um die Gespräche diskret und unauffällig zu führen.

Während sie arbeiteten, spürte Emma, wie sich ihre Beziehung zu Leo vertiefte. Sie bewunderte seine Entschlossenheit und seinen Mut, sich seiner Vergangenheit zu stellen. Leo seinerseits fühlte sich gestärkt durch Emmas Glauben an ihn und ihre unerschütterliche Unterstützung.

In den kommenden Tagen führten sie eine Reihe von Gesprächen mit ehemaligen Freunden und Bekannten von Jason. Die meisten waren zögerlich, über Jason zu sprechen, einige aus Angst, andere aus Loyalität. Aber nach und nach sammelten sie wertvolle Informationen.

Ein Durchbruch kam, als sie mit einem ehemaligen Freund sprachen, der anonym bleiben wollte. «Jason hat damals mit mir über einen großen Coup gesprochen», verriet er. «Er wollte jemanden ausrauben, aber ich dachte, er scherzt nur. Ich wusste nicht, dass er Leo dafür benutzen würde. Heute hat er noch viel mehr getan, als nur einen Einbruch zu begehen.»

Diese Aussage war der erste konkrete Hinweis darauf, dass Jason tatsächlich der Drahtzieher hinter dem Einbruch war. Emma und Leo wussten, dass dies allein noch nicht ausreichen würde, um Leos Unschuld zu beweisen, aber es war ein Anfang.

«Wir sind auf dem richtigen Weg», sagte Leo, als sie später allein waren. «Das alles… es wäre mir ohne dich nicht möglich gewesen.»

Emma sah in seine Augen und spürte, wie sich ein Band des Vertrauens und der Verbundenheit zwischen ihnen festigte. «Wir machen das zusammen, Leo. Bis zum Ende.»

Kapitel 6

Als Emma das nächste Mal Sophie traf, war die Atmosphäre angespannt. Sie trafen sich in ihrem üblichen Café, einem Ort, der früher von Lachen und leichten Gesprächen erfüllt war. Heute jedoch saß Sophie mit einem besorgten Blick auf der Stirn am Tisch.

«Emma, wir müssen reden», begann Sophie, ohne Umschweife. «Ich mache mir Sorgen um dich. Diese ganze Sache mit Leo… es wird immer gefährlicher.»

Emma seufzte, sie hatte diese Konfrontation erwartet.

«Sophie, ich verstehe deine Sorgen, wirklich. Aber ich kann jetzt nicht aufhören. Wir kommen der Wahrheit näher.»

«Aber was ist, wenn du dich selbst in Gefahr bringst? Was ist, wenn Jason herausfindet, was ihr macht?» Sophies Stimme zitterte leicht.

«Ich bin vorsichtig», versicherte Emma. «Und Leo auch. Wir wissen, was wir tun.»

Sophie schüttelte den Kopf.

«Es geht nicht nur um Vorsicht, Emma. Es geht darum, dass du vielleicht zu tief drinsteckst. Ich vermisse meine Freundin, die nicht ständig in Gefahr war.»

Emma spürte, wie ihr Herz schwer wurde.

«Ich vermisse das auch, Sophie. Aber ich kann Leo nicht im Stich lassen. Ich muss das zu Ende bringen, egal was es kostet.»

Die beiden Freundinnen saßen eine Weile schweigend da, jede in ihren Gedanken verloren. Schließlich stand Sophie auf.

«Ich hoffe nur, dass du weißt, was du tust. Pass auf dich auf, Emma.»

«Wir müssen mit Jason sprechen», sagte Leo entschieden, als sie in ihrem Versteck – einer abgelegenen Ecke der Bibliothek – ihren nächsten Schritt planten. «Vielleicht zeigt er eine Reaktion, die uns weiterhilft.»

Emma spürte, wie ihr Puls bei dem Gedanken beschleunigte.

«Das klingt gefährlich. Wir wissen nicht, wie er reagieren wird.»

«Ich weiß», erwiderte Leo. «Aber wir kommen an einen Punkt, an dem wir mehr Risiken eingehen müssen, um voranzukommen.»

Nach langen Diskussionen stimmte Emma widerstrebend zu. Sie arrangierten ein Treffen mit Jason unter dem Vorwand, Leo wolle einige alte Angelegenheiten klären.

Das Treffen fand in einem verlassenen Lagerhaus am Stadtrand statt, einem Ort, der genug Privatsphäre für solch eine heikle Begegnung bot. Emma und Leo kamen früh, ihre Nerven angespannt in Erwartung dessen, was kommen könnte.

Jason traf ein, sein Gang selbstsicher und sein Blick kalt.

«Leo, lange nicht gesehen. Und du hast deine Freundin mitgebracht», sagte er spöttisch, als er Emma bemerkte.

«Wir sind hier, um über die Nacht des Einbruchs zu sprechen», begann Leo direkt.

Jasons Augen verengten sich.

«Was gibt's da zu besprechen? Du warst dabei, du wurdest erwischt. Ende der Geschichte.»

«Aber ich war nicht der Einzige», entgegnete Leo. «Und du weißt das.»

Für einen Moment lag eine geladene Stille in der Luft. Emma beobachtete Jason genau, suchte nach Anzeichen von Schuld oder Angst.

Dann lachte Jason.

«Du willst mich wohl reinlegen, was? Denkst du, ich bin dumm?»

«Wir wissen, dass du mehr über den

Einbruch weißt, als du zugeben willst», sagte Emma mutig.

Jasons Blick wanderte zwischen Leo und Emma hin und her.

«Ihr seid verrückt, wenn ihr denkt, dass ich etwas zugeben werde. Pass gut auf dich auf, Leo. Und du auch, Mädchen.» Mit diesen Worten drehte Jason sich um und verließ das Lagerhaus. Emma und Leo blieben zurück, unsicher, ob ihr Plan Erfolg hatte.

«Das hat uns nicht viel gebracht», sagte Emma enttäuscht.

«Vielleicht doch», meinte Leo nachdenklich. «Seine Reaktion... er hat definitiv etwas zu verbergen.»

Während sie das Lagerhaus verließen, wussten beide, dass ihre Aktion möglicherweise Konsequenzen haben würde. Doch sie fühlten sich auch bestärkt, näher an die Wahrheit herangekommen zu sein.

Sie gingen nach Hause und waren beide ziemlich aufgeregt. Sie hatten die versteckte Drohung von Jason verstanden und befürchteten, sie möglicherweise bald mit Gegenmaßnahmen von ihm rechnen mussten.

«Wir müssen schneller sein als er», sagte Emma, «Vielleicht gibt es noch andere, die etwas über Jason wissen und bereit sind zu sprechen.»

Sie nahm Leos Hand. «Egal, was passiert, wir stehen das gemeinsam durch», sagte sie mit fester Stimme.

Leo sah sie an, ein Ausdruck von Dankbarkeit und Zuneigung in seinen Augen. «Ja, das tun wir.»

Kapitel 7

In einer abgeschiedenen Ecke des Parks, umgeben von den spätsommerlichen Schatten der Bäume, saßen Emma, Leo und Sophie in einem ernsten Gespräch vertieft.

«Warum gehen wir eigentlich nicht zur Polizei mit dem, was wir haben?», fragte Sophie, ihre Stimme voller Sorge. Emma und Leo tauschten einen Blick.

«Ich habe darüber nachgedacht», begann Emma, «aber ich befürchte, ohne handfeste Beweise könnten sie nicht viel tun. Und Leos Geschichte allein reicht vielleicht nicht aus, um Jason zu überführen.»

Leo nickte zustimmend.

«Außerdem», fügte er hinzu, «habe ich die Erfahrung gemacht, dass die Polizei nicht immer auf der Seite der Gerechtigkeit steht, besonders wenn der Fall in ihren Augen schon gelöst ist.»

Sophie runzelte die Stirn.

«Aber ist es nicht gefährlicher, es alleine zu machen? Was, wenn Jason etwas tut? Einen von euch angreift oder so? Was ihr von dem Typ erzählt habt… da läuft es mir eiskalt den Rücken runter. Der klingt echt brutal.»

«Das ist genau das Problem», erwiderte Emma. «Wir müssen schneller und klüger sein als er. Wir sind jetzt so nah dran, die Wahrheit herauszufinden. Wenn wir jetzt aufhören, könnte Jason ungeschoren davonkommen.»

Sie diskutierten weiter über die Risiken und waren sich einig, dass sie vorsichtiger vorgehen mussten.

«Okay», sagte Sophie schließlich, «ich verstehe eure Punkte. Aber lasst uns bitte keine unnötigen Risiken eingehen. Wir sollten einen Plan B haben, falls die Dinge aus dem Ruder laufen.»

Emma und Leo stimmten zu, dankbar für Sophies Unterstützung und praktischen Ansatz.

Sie beschlossen, ihre Bemühungen zu verdoppeln, um so schnell wie möglich genügend Beweise zu sammeln, die sie der Polizei präsentieren konnten.

Emma, Leo und Sophie teilten die Aufgaben unter sich auf, um so effizient wie möglich vorzugehen. Während Sophie online recherchierte und Informationen sammelte, trafen sich Emma und Leo mit Mike, einem ehemaligen Freund von Jason, der sich nun von der kriminellen Szene distanziert hatte.

«Ich will nichts mehr mit Jason zu tun haben», sagte Mike, seine Stimme angespannt. «Aber ich erinnere mich an die Nacht. Jason war aufgeregt, redete davon, groß abzukassieren. Er hat Leo nie ins Vertrauen gezogen, soweit ich weiß.»

«Könntest du das vor Gericht aussagen?», fragte Emma vorsichtig.

Mike zögerte.

«Ich weiß nicht. Das könnte gefährlich

werden. Aber ich werde darüber nachdenken. Tut mir leid, Leo, dass ich mich nicht damals schon gemeldet habe. Ich stand total unter Jasons Einfluss.»

Leo nickt Mike zu.

«Ist ok, ich versteh das.»

Nach dem Treffen mit Mike fühlten sich Emma und Leo ermutigt, aber auch die Gefahr ihrer Lage wurde ihnen bewusster. Sie wussten, dass sie nicht viel Zeit hatten, bevor Jason möglicherweise gegen sie vorging.

Sophie hatte in der Zwischenzeit einige interessante Informationen online gefunden. Sie hatte sich in diversen Foren angemeldet.

«Es gibt Gerüchte, dass Jason in illegale Geschäfte verwickelt ist, auch in anderen Städten», teilte sie Emma und Leo mit. «Vielleicht können wir das nutzen, um mehr Druck auf ihn auszuüben.»

Trotz der Fortschritte wuchs die Spannung in der Gruppe. Die Drohungen, die sie erhalten hatten, waren ein ständiges Hintergrundrauschen, das sie daran erinnerte, vorsichtig zu sein.

In einer ruhigen Nacht, als sie ihre Pläne für die kommenden Tage besprachen, fasste Emma Leos Hand. «Wir müssen stark bleiben», sagte sie. «Wir sind nah dran, die Wahrheit herauszufinden. Wir dürfen jetzt nicht aufgeben.»

Leo nickte, seine Augen voller Entschlossenheit.

«Wir gehen das zusammen durch. Bis zum Ende.»

Sophie, die neben ihnen stand, fügte hinzu: «Und ich werde alles tun, um euch zu helfen. Wir halten zusammen.»

Kapitel 8

Sophie, die man schon fast als Computergenie bezeichnen konnte, hatte es tatsächlich geschafft, sich ins Archiv der Sicherheitskameras der Straße einzuhacken, in der der Überfall damals stattgefunden hat.

«Wir haben echt Glück. Das sind noch alte Aufnahmen, die archiviert wurden. Heutzutage werden die Aufnahmen meistens innerhalb von 24 Stunden wieder überschrieben», erklärte sie den beiden.

Während sie in Leos kleinem Wohnzimmer saßen, breitete Sophie die ausgedruckten Sicherheitsaufnahmen vor ihnen aus.

«Seht euch das an», sagte sie. «Jason war in der Nähe, aber sie haben nie genug gegen ihn in der Hand gehabt.»
Emma studierte die Bilder.

«Vielleicht hat die Polizei einfach

angenommen, dass Leo der Täter war. Ohne ein starkes Alibi oder die Mittel, sich zu verteidigen, war er ein einfaches Ziel.»

Leo nickte düster.

«Ich erinnere mich, wie sie Druck auf mich ausübten, um ein Geständnis zu bekommen. Ich hatte niemanden, der mich unterstützte, und sie nutzten das aus.»

Sophie sah betroffen aus.

«Das ist so unfair. Sie haben sich auf dich gestürzt, ohne die wahren Beweise zu berücksichtigen.»

«Genau», stimmte Emma zu. «Aber jetzt haben wir etwas Konkretes. Diese Aufnahmen und die Zeugenaussagen, die wir gesammelt haben, könnten ausreichen, um die Polizei zu überzeugen, den Fall wieder aufzunehmen.»

«Wir müssen strategisch vorgehen», fügte Leo hinzu. «Jason wird nicht ruhig zusehen, wie sein Name durch den Schmutz gezogen wird. Er wird zurückschlagen.»

«Wir sind bereit dafür», sagte Emma entschlossen. «Wir können nicht zulassen, dass du weiterhin für etwas büßt, das du nicht getan hast. Es ist an der Zeit, dass die Wahrheit ans Licht kommt.»

Die drei Freunde saßen zusammen, vereint in ihrem Ziel, den Fall zu lösen. Trotz der drohenden Gefahr durch Jason fühlten sie sich gestärkt durch ihre neu entdeckten Beweise und die Hoffnung, Leos Namen reinwaschen zu können.

Emma nahm ihre Kamera und begann, die Szene zu dokumentieren. Die Dringlichkeit ihrer Mission spiegelte sich in jedem Bild wider. Sie fotografierte Sophie, wie sie konzentriert auf ihrem Laptop tippte, und Leo, der nachdenklich Karten und Notizen studierte.

Die Fotos zeigten die Intensität ihrer Gesichter, die Eindringlichkeit ihrer

Gesten und die Spannung, die in der Luft lag.

Emma fühlte, wie wichtig es war, diese Momente festzuhalten – nicht nur als Erinnerung, sondern auch als Zeugnis ihres Kampfes und ihrer Entschlossenheit.

In einer ruhigen Minute machte sie ein Foto von ihren eigenen Händen, wie sie eine alte Zeitung hielten, die einen Schlüssel zu ihrer Untersuchung barg.

Dieses Bild symbolisierte ihre eigene Rolle in dieser Geschichte – als Beobachterin, Teilnehmerin und Chronistin.

«Wir machen das zusammen», sagte Sophie kurze Zeit später, ihre Hand auf die von Emma und Leo legend.

«Es ist Zeit, Gerechtigkeit zu bringen.»

Mit neuem Mut und einem klaren Plan verließen sie Leos Wohnung.

Die nächste Phase ihres Kampfes begann gerade, und sie waren ent-

schlossen, bis zum Ende zu gehen, um
die Wahrheit zu enthüllen.

Sie saßen erneut in Leos Wohnzimmer, das nun zu ihrem inoffiziellen Hauptquartier geworden war. Nun breiteten sie alle gesammelten Beweise aus.

Die Aufnahmen, Zeugenaussagen und Recherchen bildeten zusammen ein starkes Argument für Leos Unschuld und Jasons Schuld.

«Wir sollten zuerst zu einem Anwalt gehen», schlug Emma vor. «Wir brauchen professionellen Rat, wie wir das am besten den Behörden präsentieren.»

Leo stimmte zu.

«Und wir sollten auf alles vorbereitet sein. Wenn Jason davon erfährt, wird er nicht einfach zusehen. Wir müssen wachsam bleiben.»

Sophie, die an ihrem Laptop arbeitete, nickte.

«Ich habe schon einen Termin mit einem Anwalt vereinbart, der sich auf solche Fälle spezialisiert hat. Er wird uns morgen treffen.»

Die Nacht brachte wenig Schlaf. Trotz

ihrer Erschöpfung waren ihre Gedanken voller Strategien und möglicher Szenarien. Sie wussten, dass der kommende Tag entscheidend sein würde.

Am nächsten Morgen trafen sie sich mit dem Anwalt, Herrn Martinez, der ihre Beweise sorgfältig überprüfte.

«Das ist beeindruckend», sagte er. «Sie haben hier eine starke Sammlung an Beweisen. Ich denke, wir haben eine gute Chance, die Polizei zu überzeugen, den Fall neu zu öffnen.»

Er warnte sie jedoch vor den potenziellen Gefahren.

«Seien Sie vorsichtig. Wenn dieser Jason merkt, dass er in die Enge getrieben wird, könnte er unvorhersehbar reagieren. Auch wenn die Polizei den Fall neu aufrollt, wird sie wohl kaum für Polizeischutz sorgen.»

Nach dem Treffen mit Herrn Martinez fühlten sich Emma, Leo und Sophie gestärkt, aber auch angespannt. Sie beschlossen, in ständigem Kontakt zu bleiben und einander über jegliche ungewöhnliche Aktivitäten oder Begegnungen zu informieren.

«Wir sind fast am Ziel», sagte Leo, als sie sich auf den Weg machten. «Egal, was passiert, wir stehen das zusammen durch.»

Emma sah ihn fest an.

«Wir werden das durchstehen. Für die Wahrheit, für Gerechtigkeit.»

In ihren Herzen wussten sie, dass die kommenden Tage eine Herausforderung sein würden.

Doch sie waren bereit, sich jedem Hindernis zu stellen, das auf ihrem Weg zur Gerechtigkeit für Leo lag.

Kapitel 9

Das Polizeirevier war ein Ort, der für Leo mit unangenehmen Erinnerungen verbunden war, doch dieses Mal betrat er es mit einem Gefühl der Hoffnung. An seiner Seite waren Emma und Sophie, die Dokumentenmappen fest in den Händen haltend.

Sie wurden in ein Besprechungszimmer geführt, wo sie ihre Beweise dem zuständigen Ermittler, Detective Harris, präsentierten. Anfangs war Harris skeptisch, doch als er die Sicherheitsaufnahmen und die Zeugenaussagen sah, änderte sich seine Haltung.

«Das sind ziemlich überzeugende Beweise», gab er zu. «Wir müssen das genauer untersuchen. Ich kann nichts versprechen, aber ich werde es weitergeben. Ich gebe euch Bescheid, falls wir den Fall noch einmal öffnen.»

Ermutigt, aber vorsichtig, verließen sie

das Polizeirevier. Doch kaum waren sie draußen, erhielt Emma eine beunruhigende Nachricht auf ihrem Handy. Es war eine anonyme Warnung, die klar machte, dass Jason von ihren Schritten wusste.

«Er weiß Bescheid», sagte sie, ihre Stimme angespannt. «Wir müssen aufpassen. Er könnte versuchen, sich zu rächen.»

Leo ballte die Hände zu Fäusten. «Wir lassen uns nicht einschüchtern. Wir sind so nah dran, das durchzuziehen.»

Sophie sah sich besorgt um.

«Wir sollten nirgendwo allein hingehen. Nicht bis das alles vorbei ist.»

Nachdem sie das Polizeirevier verlassen hatten, stand Emma vor einer weiteren Herausforderung: ihre Eltern. Sie hatte ihnen bisher nicht von ihrer tiefen Beteiligung in Leos Fall erzählt, aus Angst, sie könnten versuchen, sie davon abzuhalten. Doch jetzt, da die Situation ernster wurde und ihre Sicherheit auf dem Spiel stand, wusste sie, dass sie es ihnen sagen musste.

Zuhause angekommen, fand sie ihre Mutter in der Küche. Ihr Vater saß im Wohnzimmer und las Zeitung. Emmas Herz klopfte schnell, als sie sich dazu durchrang, die Wahrheit zu enthüllen.

«Mom, Dad, ich muss euch etwas Wichtiges erzählen», begann Emma zögerlich.

Sie erklärte ihnen alles – von der Entdeckung der Beweise bis zu Jasons Drohungen.

Ihre Eltern reagierten mit Besorgnis und Angst.

«Emma, das ist viel zu gefährlich»,

sagte ihr Vater. «Du solltest dich da raushalten und das der Polizei überlassen.»

«Ich kann jetzt nicht aufhören», erwiderte Emma fest. «Leo ist unschuldig, und wir haben die Beweise dafür. Ich kann ihn jetzt nicht im Stich lassen.»
Ihre Mutter seufzte.

«Wir verstehen, dass du helfen willst, aber wir machen uns Sorgen um dich. Bitte sei vorsichtig.»

Nach einem langen, emotionalen Gespräch versprach Emma, vorsichtig zu sein. Ihre Eltern, obwohl immer noch besorgt, erkannten, dass sie ihre Tochter nicht von ihrem Vorhaben abbringen konnten.

Später am Abend erhielten Emma, Leo und Sophie einen Anruf von Detective Harris.

«Wir nehmen die neuen Beweise sehr ernst», informierte er sie. «Wir haben eine Untersuchung eingeleitet und werden alles tun, um den Fall zu klären.»

Diese Nachricht gab ihnen neue Hoffnung. Sie wussten, dass der Weg vor ihnen immer noch schwierig sein würde, aber es war ein Zeichen, dass ihre Bemühungen Früchte trugen.

Am nächsten Morgen kam Emmas Mutter in ihr Zimmer.

«Emma, dein Vater und ich haben miteinander gesprochen. Wir machen uns Sorgen um dich. Wenn Leo aber wirklich unschuldig ist, dann hoffen wir sehr, dass das aufgedeckt wird. Da deine Ferien sowieso gerade angefangen haben, möchten wir, dass ihr euch in unser Ferienhaus zurückzieht. Nimm Sophie mit! Und ruf mich täglich an. Oder schreib mir wenigstens eine Nachricht, damit wir wissen, dass es euch gutgeht.»

«Oh danke Mama», gerührt umarmte Emma ihre Mutter.

Kurze Zeit später fuhren sie mit Sophies Auto davon, auch, damit Jason

nicht direkt sah, dass Emma und Leo
weg waren.

Kapitel 10

In der Abgeschiedenheit des Ferienhauses fanden Emma und Leo Ruhe und die Möglichkeit, ihre sich entwickelnden Gefühle füreinander zu erkunden.

Ihre Gespräche in den langen Abendstunden wurden zu einem Anker in der turbulenten Zeit.

Eines Nachmittags, als Sophie draußen am Ferienhaus spazieren ging, stieß sie unerwartet auf Alex, einen alten Schulkameraden, der in der Nähe wanderte.

Überrascht, aber erfreut über die Begegnung, begrüßte sie ihn warm.

Alex, neugierig über ihr plötzliches Auftauchen in dieser abgelegenen Gegend, fragte nach ihrer Anwesenheit.

Sophie, sich der Brisanz ihrer Situation bewusst, gab eine vage Erklärung ab.

«Ich verbringe nur etwas Zeit mit Freunden, um abzuschalten», erklärte sie, ohne ins Detail zu gehen.

Trotz ihres Misstrauens fand Sophie Gefallen an Alex' Gesellschaft. Er war witzig und intelligent, und seine leichte Art bot eine willkommene Ablenkung von den Spannungen und Ängsten, die sie sonst umgaben.

In den nächsten Tagen besuchte Alex sie ein paar Mal, immer mit dem Vorwand, in der Gegend zu wandern. Sophie genoss seine Besuche, blieb aber vorsichtig und teilte keine Informationen über ihre derzeitigen Aktivitäten oder Leos Situation.

Zurück im Ferienhaus verbrachten Emma, Leo und Sophie ihre Zeit mit der Vorbereitung auf die kommenden Herausforderungen.

Trotz der wachsenden Nähe zwischen Emma und Leo und der neuen Bekanntschaft von Sophie blieb die Bedrohung durch Jason allgegenwärtig.

«Wir müssen wachsam bleiben», erinnerte Leo die anderen. «Es ist gut, dass

wir hier ein sicheres Versteck haben,
aber wir wissen nicht, was Jason plant.»

Die Sonne war gerade untergegangen, und das Ferienhaus lag in der Dämmerung, als Emma eine beunruhigende Nachricht erhielt.

«Jemand hat gesehen, wie Jason in der Stadt nach uns fragt», sagte sie, während sie ihr Handy anstarrte.

Leo, der neben ihr stand, runzelte die Stirn.

«Wir müssen noch vorsichtiger sein. Er kommt uns zu nah.»

Sophie, die auf der Couch saß, sah besorgt aus.

«Vielleicht sollten wir überlegen, woanders hinzugehen. Einen Schritt voraus bleiben.»

Sie diskutierten ihre Optionen, kamen aber zu dem Schluss, dass ein Umzug zu riskant wäre. Das Ferienhaus bot immer noch den besten Schutz. Stattdessen beschlossen sie, ihre Ausgänge auf ein Minimum zu beschränken und stets zusammenzubleiben.

Währenddessen entwickelte sich

Sophies Beziehung zu Alex weiter. Sie traf ihn weiterhin, aber sie achtete darauf, ihm keine Details über ihre Situation zu verraten. Trotzdem genoss sie die Ablenkung und begann, ihm zu vertrauen.

Eines Abends, als die Dämmerung das Ferienhaus in weiches Licht tauchte, hörten sie plötzlich Geräusche draußen. Jemand schien sich dem Haus zu nähern.

«Könnte das Jason sein?», flüsterte Emma, während Leo vorsichtig zum Fenster ging, um nachzusehen.

Draußen im schwindenden Licht sah Leo eine Gestalt, die sich dem Haus näherte.

«Jemand ist da», flüsterte er. «Wir sollten uns verstecken.»

Die bedrohliche Gestalt von Jason füllte den Eingang des Ferienhauses.

«Endlich habe ich euch gefunden», dröhnte seine Stimme durch die stille Nacht.

Panik ergriff Emma, Leo und Sophie. Sie eilten zum hinteren Fenster und zwängten sich durch die enge Öffnung, während Jasons Schritte im Haus widerhallten.

Im Dunkel des Waldes, ihr Herz schlug heftig vor Angst, rannten sie um ihr Leben. Jasons wütende Schreie verfolgten sie, als sie sich ihren Weg durch das Unterholz bahnten.

Plötzlich war der Wald zu Ende und sie stolperten auf eine Straße.

Ein Auto näherte sich schnell, und in einem verzweifelten Versuch, es zu stoppen, sprangen sie auf die Fahrbahn.

Das Auto kam mit einem Ruck zum Stehen, nur wenige Zentimeter von ihnen entfernt.

Zum Glück war der Fahrer Alex.

«Was ist passiert?», rief er, als er die verzweifelten Gesichter von Sophie und ihren Freunden erkannte.

Ohne zu zögern sprangen sie in das Auto.

«Fahr los!», rief Sophie, «ich erkläre dir alles» und Alex gab Gas. Sie konnten noch sehen, dass Jason aus dem Wald gerannt kam.

Während Alex das Auto durch die dunklen Straßen lenkte, warf er immer wieder besorgte Blicke auf Sophie und ihre Freunde im Rückspiegel.

«Wer ist das? Und warum verfolgt er euch?», fragte er, seine Stimme von Unglauben geprägt.

Sophie atmete tief durch, bemüht, ihre aufkommende Panik zu unterdrücken.

«Jason… er ist jemand aus unserer Vergangenheit. Er wurde kürzlich aus dem Gefängnis entlassen und glaubt, dass wir für seine Probleme verantwortlich sind.»

Alex runzelte die Stirn.

«Aber warum sollte er euch deswegen verfolgen? Das klingt extrem.»

«Es ist kompliziert», sagte Leo aus dem Rücksitz. «Ich wurde fälschlicherweise für ein Verbrechen verurteilt, das Jason begangen hat. Emma, Sophie und ich haben Beweise gefunden, die meine Unschuld beweisen und Jason belasten. Jetzt, da die Polizei ihn untersucht, sieht er uns als Bedrohung.»

Alex' Blick wurde ernst.

«Das ist mehr, als ich erwartet hatte. Ihr seid in echter Gefahr.»

«Ja», bestätigte Emma. «Aber wir können jetzt nicht zurück. Wir müssen das durchstehen, um Leos Namen reinzuwaschen und Jason zur Rechenschaft zu ziehcn.»

Sophie fügte hinzu: «Und jetzt, wo er weiß, wo wir uns versteckt hatten, gibt es keinen sicheren Ort mehr für uns.»

Alex nickte entschlossen. «Nun, ihr seid jetzt hier bei mir sicher. Ich werde helfen, wo ich kann.»

Sophie sah Alex dankbar an.

«Ohne dich... Ich weiß nicht, was passiert wäre.»

«Keine Ursache», antwortete Alex.

«Ich konnte euch doch nicht einfach da
stehen lassen.»

Kapitel 11

In der Sicherheit von Alex' Haus griff Sophie zum Telefon, um Detective Harris anzurufen. Ihre Stimme zitterte leicht, als sie die Ereignisse des Abends schilderte.

«Jason hat uns gefunden. Er war im Ferienhaus. Wir sind jetzt bei einem Freund, aber wir sind nicht sicher, wie lange wir hierbleiben können.»

Detective Harris reagierte sofort.

«Wir schicken ein Team zum Ferienhaus, um nach Beweisen zu suchen. Und ich werde sicherstellen, dass eine Polizeistreife zu Ihrem aktuellen Standort geschickt wird. Bleiben Sie, wo Sie sind und halten Sie die Türen verschlossen.»

Nachdem sie aufgelegt hatten, saßen die vier in gespannter Stille. Die Realität ihrer Situation hatte sie alle schwer getroffen. Die Gefahr war realer und näher als je zuvor.

«Wir sollten uns hier nicht zu sicher fühlen», murmelte Leo. «Jason ist jetzt verzweifelt.»

Sophie nickte.

«Ja, aber zumindest haben wir jetzt Polizeischutz. Das gibt uns etwas Raum zum Atmen.»

Wenige Stunden später bestätigte Detective Harris, dass im Ferienhaus Jasons Fingerabdrücke gefunden worden waren.

«Das bestärkt den Fall gegen ihn», erklärte er. «Er ist jetzt auf der Flucht, aber wir haben alle verfügbaren Ressourcen mobilisiert, um ihn zu finden.»

In dieser Nacht wachten zwei Polizeibeamte vor Alex' Haus. Die Gruppe fühlte sich etwas sicherer, aber die Anspannung blieb.

Jedes Geräusch in der Nacht ließ sie hochschrecken.

Alex versuchte, die Stimmung zu

heben.

«Wir sind hier zusammen, und wir haben die besten Chancen, diese Sache durchzustehen. Ihr seid nicht allein.»

Emma sah zu Leo.

«Egal, was passiert, wir haben das Richtige getan. Wir haben die Wahrheit aufgedeckt.»

Leo ergriff ihre Hand.

«Ja, das haben wir. Und ich werde nie vergessen, wie ihr alle für mich da wart.»

Sophic, die Alex dankbar anblickte, fühlte sich trotz der Gefahr geborgen.

«Zusammen sind wir stark», sagte sie.

Die Nacht verstrich ruhig, aber die Gefahr war noch nicht vorbei.

In der gedämpften Atmosphäre von Alex' Wohnzimmer, nur vom sanften Schein einer Tischlampe erhellt, fanden Emma und Leo einen Moment der Ruhe.

Draußen umhüllte die Nacht das Haus, eine stille Erinnerung an die Bedrohung, die immer noch über ihnen schwebte.

Emma lehnte sich gegen die Couch, ihre Gedanken wirbelten. Leo saß neben ihr, nah genug, dass sie seine Anwesenheit als tröstende Wärme spürte. In einer spontanen Regung ergriff er ihre Hand, seine Finger verflechtend mit ihren.

Emma spiele abwesend mit der Kette um ihren Hals. Ihre Finger glitten über den Anhänger, während sie nachdenklich in die Ferne blickte. Leo beobachtete sie, ein sanftes Lächeln auf seinem Gesicht, das von den Ereignissen der letzten Tage gezeichnet war.

«Danke, dass du immer an mich

geglaubt hast», sagte er, seine Stimme weich, aber von tiefer Dankbarkeit durchdrungen. Seine Worte waren einfach, aber sie trugen das Gewicht seiner gesamten Erfahrung.

Emma blickte auf und lächelte zurück, ein Lächeln, das trotz der Umstände Wärme und Zuversicht ausstrahlte.

«Ich habe nie aufgehört», antwortete sie, ihre Augen trafen seine.

In diesem Augenblick war die Kette mehr als nur ein Schmuckstück; sie war ein Zeugnis ihrer tiefen Verbundenheit, ein stilles Versprechen, das sie einst als Kinder gegeben hatten und das nun, inmitten der Turbulenzen, stärker denn je war.

«Es fühlt sich an, als würde die Welt da draußen nicht existieren, zumindest für einen Moment», flüsterte er.

Emma sah zu ihm auf, ihre Augen trafen seine.

«Ja», hauchte sie. «Hier, mit dir, fühlt es sich sicher an.»

Die Nähe führte zu einem zarten Kuss, ein Versprechen von mehr inmitten des Chaos, das ihr Leben umgab. Es war ein stiller Ausdruck ihrer wachsenden Gefühle, ein Lichtblick in der Dunkelheit ihrer Situation.

In einem anderen Teil des Hauses saßen Sophie und Alex zusammen. Sophie, die sich an Alex' Seite zunehmend geborgen fühlte, lächelte schüchtern, als ihre Hand die seine streifte.

«Ich bin froh, dass du hier bist», sagte sie leise. «Deine Anwesenheit macht all das erträglicher.»

Alex sah sie mit einem warmen, aufrichtigen Blick an.

«Ich bin bei dir, Sophie. Wir kommen da gemeinsam durch.»

Die beiden Paare verbrachten den Abend in einer Atmosphäre von Nähe und Verständnis. Trotz der Gefahren, die außerhalb lauerten, boten ihnen diese Momente ein Gefühl der Normalität und des Trostes.

Die Nachricht erreichte sie früh am Morgen. Detective Harris rief persönlich an, um sie zu informieren, dass Jason nach einem Überfall auf eine Tankstelle gefasst worden war.

«Er ist in Gewahrsam», erklärte der Detective. «Sie müssen sich keine Sorgen mehr machen, dass er Ihnen Schaden zufügt.»

In Alex' Wohnzimmer atmeten alle erleichtert auf. Emma umarmte Leo fest, Tränen der Erleichterung in ihren Augen.

«Es ist vorbei», flüsterte sie.

Leo, sichtlich erleichtert, aber immer noch in Gedanken, nickte.

«Ja, endlich können wir anfangen, nach vorne zu blicken.»

Sophie, die ein Gefühl der Befreiung empfand, sah zu Alex, dessen Unterstützung in den letzten Tagen so entscheidend gewesen war.

«Danke, dass du für uns da warst», sagte sie mit einem dankbaren Lächeln.

Alex erwiderte das Lächeln. «Ich bin nur froh, dass alles gut ausgegangen ist.»

Aufgeregt ging Emma nach draußen, ihre Kamera um den Hals. Der Garten war still, die ersten Sonnenstrahlen brachen durch die Bäume und tauchten alles in ein sanftes, goldenes Licht. Sie fotografierte die friedliche Szene, die Blumen, die im Morgentau glänzten, und die Vögel, die fröhlich zwitscherten. Jedes Bild war gefüllt mit dem Gefühl eines Neuanfangs, eines friedvollen Neubeginns.

Dann wandte sie ihre Kamera dem Haus zu, wo Leo im Türrahmen stand und sie beobachtete. Sein Gesicht war vom ersten Licht des Tages beleuchtet, und in diesem Augenblick fühlte Emma, wie stark die Veränderung war, die sie beide durchgemacht hatten.

Sie machte ein Foto von ihm, ein Bild, das die Hoffnung und den Optimismus einfing, der nun in seinen Augen lag.

Als sie zurück ins Haus ging, machte Emma ein letztes Foto des leeren Tisches mit drei Tassen Kaffee, die darauf warteten, getrunken zu werden. Es war ein einfaches Bild, doch es sprach Bände über das gemeinsame Leben, das jetzt vor ihnen lag – ein Leben voller Möglichkeiten und neuer Geschichten, die erzählt werden wollten.

In den folgenden Tagen begann das Leben langsam wieder normal zu werden. Die ständige Angst und Anspannung wich einer ruhigeren Atmosphäre. Emma, Leo und Sophie planten, zu ihren Häusern zurückzukehren und ihr Leben wieder aufzunehmen.

«Die Schule fängt bald wieder an», sagte Emma. «Und wir haben noch einiges für das Abitur vorzubereiten, nicht wahr, Sophie?»

Sophie nickte.

«Ja, es wird Zeit, wieder in den Alltag

zurückzukehren. Aber ich bin froh, dass wir das zusammen durchgestanden haben.»

Leo, der nun nachdenklich seine Zukunft betrachtete, sprach von seinen Plänen, vielleicht eine Ausbildung zu beginnen oder ein Studium aufzunehmen.

Sophie und Alex verabschiedeten sich mit dem Versprechen, in Kontakt zu bleiben, während Emma und Leo die Aussicht auf eine gemeinsame Zukunft genossen.

«Ich habe jetzt eine Chance auf ein neues Leben», sagte Leo.

«Ja», erwiderte Emma, «ein Leben, das wir zusammen aufbauen werden.»

Epilog

Leo saß in seinem Zimmer, den Brief in der Hand, der sein Leben verändern sollte. Die Regierung hatte ihm eine beträchtliche Summe als Entschädigung für die Zeit zugesprochen, die er zu Unrecht im Gefängnis verbracht hatte. Es war mehr Geld, als er sich jemals hätte vorstellen können.

«Das ist… unglaublich», sagte er zu Emma, die neben ihm saß. «Ich kann jetzt wirklich neu anfangen.»

Emma lächelte und drückte seine Hand.

«Du hast es verdient, Leo. Jetzt kannst du dein Leben so gestalten, wie du es möchtest.»

In der Zwischenzeit hatte die Polizei dank der gefundenen Fingerabdrücke von Jason mehrere seiner ungelösten Verbrechen aufgeklärt. Dies brachte Leo eine gewisse Genugtuung, da es half, seinen Namen vollständig reinzuwaschen.

Während Leo diese Entwicklungen verarbeitete, erreichte ihn eine Nachricht, die ihn unvorbereitet traf: Seine Eltern hatten Kontakt aufgenommen. Sie wollten sich mit ihm treffen und über die Vergangenheit sprechen.

Leo war hin- und hergerissen. Die Entfremdung von seinen Eltern war schmerzhaft gewesen, und ihr plötzliches Auftauchen löste eine Flut von Emotionen aus. Emma ermutigte ihn, das Treffen anzunehmen.

«Vielleicht ist es eine Chance, einige Dinge zu klären», sagte sie.

Das Treffen mit seinen Eltern war angespannt und emotional. Sie entschuldigten sich für ihr Verhalten, erklärten, wie überfordert sie damals waren und wie sehr sie es bereuten, ihn im Stich gelassen zu haben.

Leo hörte zu, kämpfte mit seinen eigenen Gefühlen der Wut und des Verrats.

«Es wird Zeit brauchen», sagte er schließlich. «Aber ich bin bereit, daran zu arbeiten. Vielleicht können wir irgendwann wieder eine Beziehung aufbauen.»

Nach dem Treffen fühlte sich Leo erleichtert, aber auch erschöpft. Er wusste, dass der Weg zur Versöhnung lang sein würde, aber er war bereit, ihn zu gehen.

Emma, Sophie und Alex unterstützten ihn dabei, seine Gefühle zu verarbeiten und seine Zukunft zu planen. Mit der finanziellen Entschädigung und der Aussicht auf einen Neuanfang sah Leo eine Welt voller Möglichkeiten vor sich.

Die Galerie war hell erleuchtet und voller Menschen, die sich unterhielten und die ausgestellten Fotos bewunderten. In der Mitte des Raumes stand eine strahlende Emma, neben Leo, der mit stolzem Lächeln an ihrer Seite war.

Sie hatten gemeinsam Emmas Fotografien für die Ausstellung vorbereitet, eine Sammlung, die ihre tiefgründigen Erfahrungen während der schwierigen Zeit ihres Lebens festhielt.

In der Mitte der belebten Galerie, umgeben von ihren ausgestellten Fotografien, stand Emma, ihre Kamera in der Hand. Sie machte Fotos von den Gästen, die ihre Werke betrachteten. Ihr Blick fiel auf ein älteres Paar, das vor einem ihrer emotionalsten Fotos stand – dem Bild von Leo im Türrahmen.

Sie beobachteten es lange, und Emma konnte in ihren Augen eine Mischung aus Bewunderung und tiefer Nachdenklichkeit erkennen.

Dann wandte sie sich einem jungen

Mädchen zu, das staunend vor dem Foto von dem leeren Tisch mit den Kaffeetassen stand. Emma hielt diesen Moment fest, das Bild einer neuen Generation, die von den Geschichten, die ihre Fotos erzählten, berührt wurde. Ein Pärchen stand vor einem Bild, das sie von ihrer Halskette gemacht hatte, das Symbol der Verbindung mit Leo und das Zeichen, dass sie immer an ihn geglaubt hatte.

Emma gesellte sich zu Sophie, Alex und Leo.

«Schaut mal, das ist der Moment, als alles begann», sagte Emma, als sie auf eines der Bilder zeigte. Es war ein Foto, das sie heimlich während ihrer Recherche gemacht hatte, ein Bild, das sowohl die Angst als auch den Mut jener Tage einfing.

«Das ist unglaublich, Emma», sagte Sophie. «Du hast wirklich ein Auge für das Besondere.»

«Danke», erwiderte Emma. «Diese

Bilder erzählen unsere Geschichte –
eine Geschichte von Angst, Hoffnung
und letztlich von Sieg.»

Leo, der neben ihr stand, legte einen
Arm um ihre Schulter.

«Ich bin so stolz auf dich», flüsterte er.

«Und ich bin dankbar für jeden
Moment, den wir zusammen verbracht
haben.»

Sophie und Alex tauschten einen liebevollen Blick aus. Seit ihrem ersten Treffen hatte sich viel verändert. Sie waren
jetzt ein Paar und unterstützten sich
gegenseitig in ihren jeweiligen Bestre-
bungen.

«Und wie steht es mit euch beiden?»,
fragte Leo, als er sich an Sophie und
Alex wandte.

«Wir planen gerade unsere erste
gemeinsame Reise», antwortete Alex.
«Es ist eine aufregende Zeit.»

Während sie durch die Galerie schlenderten, reflektierten sie über die vergangenen Ereignisse und wie diese sie

geprägt hatten. Trotz der Herausforderungen hatten sie Momente des Glücks
und der Liebe gefunden.

Emma, die nun mit Leo in seinem Haus
lebte, sah eine Zukunft voller Möglichkeiten vor sich. Ihre Auszeichnung für
die Fotografie war nur der Anfang.

«Wir haben alle eine zweite Chance
bekommen», sagte sie. «Eine Chance,
das Leben zu leben, das wir uns immer
gewünscht haben.»